ÜBER DIESES BUCH

Technische Sensation einer neuen Zeit ist die *Propellerinsel.* Von gewaltigen mechanischen Kräften angetrieben kreuzt sie mit ihren entsetzlich reichen und entsetzlich untereinander verfeindeten Bewohnern durch die Weltmeere. Vier Musiker sind auf dies stählerne Eiland entführt worden und sollen den Reichen die Zeit vertreiben. Aber da gibt ein total verarmtes Königspaar den Ereignissen eine hochdramatische Wendung. Motive dieses Romans hat Verne-Verehrer Arno Schmidt in seinen Roman ›Die Gelehrtenrepublik‹ aufgenommen.
Jules Verne ist nicht nur mit Genuß und Spaß zu lesen – er ist in dieser neuen Ausgabe auch literarisch wieder zu entdecken. Der von Wolf Wondratschek übersetzte und eingerichtete Text dieses Bandes zeigt wieder die ganze erzählerische Frische und den klugen Witz Jules Vernes. Die Holzstich-Illustrationen stammen aus der ersten französischen Gesamtausgabe.

DER AUTOR

Jules Verne wurde 1828 in Nantes (Frankreich) geboren. Er studierte Jura, schrieb Theaterstücke und Operetten und brachte schließlich als 34jähriger seinen ersten Roman ›Fünf Wochen im Ballon‹ heraus, nachdem fünfzehn Verlage die Annahme des Manuskriptes abgelehnt hatten. Vernes triumphaler Erfolg begann. Er schrieb 98 Bücher, für die er die Stoffe auf Reisen und aus Zeitschriften und Büchern zusammentrug.
Nach der Bibel und den Werken Lenins und Tolstois sind Jules Vernes Bücher am häufigsten übersetzt worden. Verne starb 1905 in Amiens.

Jules Verne

Die Propellerinsel

Roman

Fischer
Taschenbuch
Verlag

Fischer Taschenbuch Verlag
1.–17. Tausend: Oktober 1970
18.–22. Tausend: Dezember 1972
23.–30. Tausend: November 1973
31.–37. Tausend: Januar 1975
38.–47. Tausend: Juni 1975
48.–57. Tausend: Juli 1976
58.–67. Tausend: Juli 1978
68.–72. Tausend: April 1981

Umschlagentwurf: Heinz Edelmann

Titel der französischen Originalausgabe: ›L'île à Hélice‹
Neu übersetzt und eingerichtet von Wolf Wondratschek
Mit Holzstich-Illustrationen der ersten französischen Gesamtausgabe
im Verlag Hetzel, Paris

Fischer Taschenbuch Verlag GmbH, Frankfurt am Main
Lizenzausgabe mit freundlicher Genehmigung
des Verlages Bärmeier & Nikel, Frankfurt am Main

Gesamtherstellung: Hanseatische Druckanstalt GmbH, Hamburg
Printed in Germany
480-ISBN-3-596-10018-6

Die Propellerinsel

»Und wenn uns während der Aufführung Sand aus der Geige bröselt, was dann?« rief Pinchinat.

I

Wenn eine Reise schlecht anfängt, nimmt sie gewöhnlich auch kein gutes Ende!
Das Streichquartett mit den Herren Yvernes (1. Violine), Frascolin (2. Violine), Pinchinat (Viola) und Zorn (Violoncello) hätte diesen ebenso einfachen wie richtigen Satz unterschreiben können. Der Reisewagen lag über der Böschung, die teuren Instrumente im Gras.
»Ist jemand tot?«
»Das nicht, aber mich hat ein Glassplitter im Gesicht geschnitten.«
»Ich habe eine Schürfwunde am Bein.«
»Wo ist mein Cello?? Ist meinem Cello etwas passiert?«
»Die Instrumente sind Gott sei Dank heil geblieben.«
»Wenn die Eisenbahnverbindungen überall so miserabel sind, machen wir den Laden zu.«
»Ich hab's doch geahnt!«
»Und ausgerechnet jetzt, wo es dunkel ist.«
»Nur nicht aufregen, Freunde, unser Konzert ist ja erst für übermorgen angesetzt.«
»Und wenn uns während der Aufführung Sand aus der Geige bröselt? Was dann?«
»Warum müssen wir auch gerade hier, zwischen Bergen, Wildbächen und steilen Felsschluchten, über die Stränge geigen?«
»Ich sag's euch, mir platzt bald der Notenschlüssel!«
Der Kutscher hatte sich das Bein verstaucht und konnte keinen Schritt mehr gehen. Am schlimmsten war es den beiden Pferden ergangen: das eine lag am Boden und röchelte, es hatte einen Stein an den Kopf bekommen, das andere schien sich den Huf verstaucht zu haben.
Es war wie verhext: in 24 Stunden 2 Unfälle! Und dann sollte noch einer so tun, als sei er schon als Baby Philosoph gewesen. Die 4 Künstler waren auf dem Weg von San Franzisko nach San Diego, fast an der Grenze der alten Provinz Kalifornien. Dort wollten sie ein mit Spannung erwartetes Konzert geben.
In Paschal, einer Zwischenstation, war der Bahndamm von

einer Hochwasserflut überspült und zerstört. Sie wollten nicht so lange warten, bis die Strecke wieder befahrbar war, und mieteten kurzerhand einen Wagen. Und nun saßen sie wieder in der Patsche, gute 40 km von San Diego entfernt.
Aber was hatte diese 4 Franzosen – und, was noch mehr sagen will, diese 4 Pariser – in diese öde Gegend Süd-Kaliforniens verschlagen?
Die Vereinigten Staaten hatten die Zahl der Sterne in ihrer Bundesflagge verdoppelt. Sie standen vor der vollen Entfaltung ihrer industriellen und kommerziellen Macht. Mit dem ungeheuren Zuwachs an Ländereien war bei den Yankees auch die Liebe zur Kunst gewachsen. Mit ihrem Gold wogen sie die Gemälde und Skulpturen alter und neuer Meister auf und stellten damit ihre Museen voll, sie verpflichteten für horrende Summen die namhaftesten Sänger und Schauspieler aus aller Welt. Dieser Kulturkur unterwarf sich noch der gröbste Farmer und konnte fortan zwischen schön und häßlich unterscheiden.
Was die Musik betrifft, so begeisterten sich die Dilettanten der Neuen Welt anfänglich an den Werken eines Meyerbeer, Halévy, Gounod, Berlioz, Wagner, Verdi, Massé, Saint-Saëns, Reyer, Massenet und Delibes, der berühmten Komponisten der 2. Hälfte des 19. Jahrhunderts. Dann kamen sie allmählich auch auf den Geschmack für die subtileren Arbeiten der Mozart, Beethoven und Haydn.
Zur Zeit unserer Geschichte waren gerade die Sonaten groß in Mode. Man bezahlte sie Note für Note: die halbe mit 20, die viertel mit 10, die achtel Note mit 5 Dollar. Pausen wurden abgezogen.
Von dieser modischen Emphase für Kultur unterrichtet, wollten unsere 4 Musiker, seit den Tagen ihres Studiums am Pariser Konservatorium gute Freunde, in Amerika Ruhm und Ansehen verdienen. Mit unvergleichlicher Virtuosität, sicherster Bogentechnik, sauberster Intonation und musikalischer Intelligenz spielten sie die kammermusikalischen Werke von Mozart, Beethoven, Mendelssohn, Haydn und Schubert. Es kam ihrer großen Begabung noch zustatten, daß den Leuten zu jener Zeit die großen symphonischen Stundentöter zum Hals raus hingen.
Seit 2 Jahren waren sie jetzt unterwegs, gefeiert und fürstlich bezahlt. Das Konzert-Quartett, so nannten sie sich, konnte

den Einladungen der reichen Leute kaum noch nachkommen. Ohne sie gab es kein Fest, keine Réunion, keinen Five o'clock tea und keine Gartenparty mehr. Sie waren der Knüller!
Sie hatten gut verdient während ihrer bisherigen Konzertreisen. Wären sie sparsam gewesen, läge in den Panzerschränken der Bank von New York gutes Gold von Fort Knox. Aber sie dachten nicht ans Sparen, sondern schleuderten das Geld mit vollen Händen hinaus. Dazu, ob in New York oder San Franzisko, in Quebec oder New Orleans, in Neu-Schottland oder Texas, bot sich überall Gelegenheit.
Yvernes spielte die 1. Geige; 32 Jahre alt, mittelgroß, sehr schlank, mit blondem, leicht gelocktem Haar, glattem Gesicht, großen dunklen Augen, langen geschmeidigen Fingern, war er wie geschaffen für seine teure Sandra Theresia Guanerius. Er trat elegant und poseurhaft auf, angetan mit einem dunklen Cape und hohem Seidenhut. Yvernes war der Harmloseste des Quartetts. Frascolin accompagnierte auf der 2. Geige; 30 Jahre alt, klein, dicklich, worüber er sich selbst am meisten ärgerte, mit braunem Bart, stark ausgeprägtem Kopf, dunklen Augen und langer Nase, auf der ein goldgefaßtes Lorgnon saß. Er war ein gutmütiger, zuvorkommender und hilfsbereiter Mann, weswegen er auch die Kasse der Musiker mit größter Gewissenhaftigkeit verwaltete.
Pinchinat, der Violerich, wurde von seinen Freunden *Seine Hoheit* genannt. Mit seinen 27 Jahren war er nicht nur der jüngste, sondern auch der witzigste Typ der Truppe. In seinem feinen Kopf kugelten sich geistvolle, stets aufmerksame Augen. Sein Haar stach etwas ins Rötliche, sein Schnurrbart war Gegenstand häufiger Zwirbelung. Pinchinat galt als Unikum, immer zu Scherzen aufgelegt, von unverwüstlichem Humor, und just ein Liebhaber von Kalauern.
Chef des Quartetts war der Cellist Sebastian Zorn, bereits 52 Jahre alt, klein, dick, fett, mit Schnurr- und Backenbart. Er besaß runde, fleischige Hände, trug eine Brille, die er beim Lesen noch durch eine Lorgnette verschärfen mußte. Man hält nicht 40 Jahre ungestraft einen klingenden Holzkasten zwischen den Beinen, das beeinflußt den Charakter! Wie die meisten Cellisten war auch er redselig und auffahrend, immer bullerte er dumpfe Tiraden. Er verstand sich aufs Geschäft, stellte das Programm zusammen, leitete die Tourneen, besorgte den Schriftverkehr mit den Agenturen und Impresarios. Nur

um die Einnahmen kümmerte er sich nicht. In kurzen Worten: Sebastian Zorn war cholerisch (Allegro eruptivo), Yvernes phlegmatisch (ostinato), Frascolin friedlich (Andante) und Pinchinat lustig (Pizzicato).

Und da standen sie nun neben dem umgestürzten Wagen.

»Was sollen wir jetzt machen?« fragte Frascolin den Kutscher.

»Machen? Wenn man keinen Wagen und keine Pferde mehr hat, wartet man eben.«

»Bis zufällig jemand vorbeikommt? Und wenn niemand kommt?«

»Dann sucht man eben einen«, sagte Frascolin.

»Aber wo??!« polterte Zorn, der wütend auf der Straße hin und her stapfte.

»Ist doch einfach: wo jemand ist«, erwiderte der Kutscher.

»Verdammter Kutschenbockbewohner«, fuhr Zorn auf, »ist das eine Antwort auf meine Frage? Sie haben den Wagen umgeworfen, die Pferde verletzt, und nun sitzen Sie da und quatschen mir die Ohren ab.« Dann fluchte er so wütend drauflos, daß sein Cello mitsummte.

»Überlasse das mir, alter Freund.« Damit wandte sich Frascolin an den Kutscher.

»Wo sind wir jetzt?«

»10 km vor Freschal.«

»Ist das eine Eisenbahnstation?«

»Nein, Freschal ist ein Dorf in Küstennähe.«

»Gibt's dort einen Wagen?«

»Vielleicht einen Karren.«

»Einen Ochsenkarren, wie zur Zeit der Merowinger«, zupfte Pinchinat dazwischen.

»Kann uns ja egal sein.«

»Frag lieber, ob es in diesem Küstennest ein Gasthaus gibt«, schimpfte Zorn.

»Gibt es«, sagte der Kutscher. »Da hätten wir sowieso kurz angehalten.«

»Kommen wir auf dieser Straße nach Freschal?«

»Ja.«

»Dann also marsch«, befahl Zorn.

»Langsam, langsam«, sagte Pinchinat, »wir können den Kutscher doch nicht verletzt hier liegen lassen und einfach abhauen.«

»Laßt nur, ich bleibe hier liegen, bis morgen, da kommt sicher jemand vorbei und sammelt mich auf«, erwiderte der Mann.
»Wir können Ihnen ja von Freschal aus Hilfe schicken.«
»Der dortige Gastwirt kennt mich und wird mir helfen.«
»Also gehen wir jetzt??« brummte Zorn und hob seinen Cellokasten auf.
»Sofort, aber vorher wollen wir den Kutscher noch auf die Böschung schaffen.«
Sie schleppten den Kutscher von der Straße und trugen ihn zu einem Baum am Rand des Weges.
»Hoffentlich wird's bald«, drängte Zorn.
»So, das wäre geschafft!«
Dann wandte sich Frascolin noch einmal zum Kutscher.
»Es bleibt also dabei, wir informieren den Wirt in Freschal.«
»Haben Sie noch einen Wunsch?«
»Ach ja, ein Schluck Gin, wenn Ihr noch was habt.«
»Pinchinats Flasche ist noch ganz voll, und Seine Hoheit wird dieses Opfer gern bringen!«
»Sie werden wenigstens innerlich nicht frieren, wenn Sie den Gin intus haben.«
Nach einer letzten Mahnung des Cellisten brachen die Musiker auf. Ein Glück, daß das andere, schwerere Gepäck im Zug geblieben war. Es traf zwar später in San Diego ein, aber immer noch früh genug. Es jetzt schleppen müssen, wäre einer chinesischen Todesstrafe gleichgekommen.

2

Das Streichquartett tappte mit seinen Instrumentenkästen im Finstern und zu Fuß über eine unbekannte, holprige Straße. Die beiden Geiger und der Violerich brauchten sich über das Gewicht ihrer Instrumente nicht zu beklagen, nur Sebastian Zorn schnaufte und schwitzte unter der Last des großen Kastens.
»Wenn ich noch einmal auf die Welt komme, werde ich Cello und lasse mich tragen!«
Es war stockdunkel. Über den Himmel jagten schwere Wolken, die die Mondsichel nur selten durchscheinen ließen.
»Diese unreife Melonenschnitte da oben«, schimpfte Zorn und ballte die Faust gegen den Mond.

»Wär schon besser, wenn er uns sein pralles Mondgesicht zeigen würde«, meinte Frascolin.
»Und warum?«
»Weil wir dann den Weg besser sehen könnten.«
»Oh, du keusche Diana, du friedlich eingemummte Nachtwandlerin, du bleicher Käsesatellit der Erde, oh, du angebeteter Rundkloß des anbetungswürdigen Endymion . . .«
»Hast du eine Lyrikpille geschluckt?«
»Schluß jetzt, beeilen wir uns, sonst müssen wir unter freiem Himmel schlafen.«
»Oder in deinem Cello!«
»Nein, dann geht ja die ganze Musik raus. Wenn ich an unser San-Diego-Konzert denke, wird mir ganz schwummrig. Lieber Zorn, das war deine Idee!«
»Meine?!«
»Natürlich! Warum sind wir nicht in San Franzisko geblieben, um mit unserer Musik den Kaliforniern die Ohren zu putzen?«
»Bin *ich* schuld!?«
»Ja, schon.«
»Dann war es ein schlechter Einfall, Entschuldigung!«
Plötzlich blieb Yvernes stehen und deutete auf eine vom Mond beleuchtete Wolke.
»Was Besonderes los?«
»Schaut mal, diese Wolke sieht aus wie ein Drachen mit ausgebreiteten Flügeln und einem Pfauenschwanz mit 100 Argusaugen.«
Sebastian Zorn ging zwar weiter, konnte es sich aber doch nicht verkneifen, nach oben zu spähen und nach dem Drachen zu suchen. Da verfing sich sein Fuß in einer tief ausgefahrenen Spur, Zorn stürzte zu Boden und blieb, begraben vom scheppernden Cellokasten, liegen.
»Verdammter Dreck. Da ist nur Yvernes dran schuld, hätt' ich nur nicht hochgeguckt zu diesem dämlichen Drachen, immer diese Geigen . . .«
»Jetzt ist es kein Drache mehr, sondern eine Amphora.«
»Wahrscheinlich mit Wasser gefüllt, denn es kann jeden Augenblick regnen«, rief Pinchinat.
Zorn wurde hochgehievt. Frascolin bot sich sogar an, den Cellokasten zu tragen.
»Ich mich von meinem Instrument trennen? Einem Violoncello

von Gaud & Bernadel? Das heißt soviel wie Harakiri! Aber mühsam ist es doch ... wenn es dir nichts ... ich meine ...«
Frascolin nahm den Kasten auf seinen Rücken und übergab Zorn die handliche Violine. Sie marschierten weiter und schafften 4 km, ohne daß sich etwas Besonderes ereignete. Die Nacht wurde immer schwärzer, und dann fielen auch schon die ersten schweren Regentropfen.
»Aufpassen! Hier hat es tiefe Wagenspuren und vorspringende Felsen«, warnte Frascolin.
»Eine poetische Landschaft«, schwärmte Yvernes.
Pinchinat marschierte an der Spitze und behielt die Böschungen der Straße scharf im Auge. Er wollte sich gerade einen Scherz für seine Freunde ausdenken, da schrak er zusammen.
»Halt! ... Da unten!«
Als Waffen besaßen die Musiker nur ihre 3 Geigen- und den einen Cellobogen, also fast nichts in dem Land, wo der Coltsche Revolver erfunden und tüchtig warmgeschossen wurde. Hinter jedem der Bäume konnten sich gut und gern 10 ausgewachsene Männer versteckt halten.
»Was gibt's denn?«
»Ich glaube, dort etwas gesehen zu haben.«
Die 3 anderen merkten an der zittrigen Stimme Pinchinats, daß es sich dieses Mal nicht um einen seiner beliebten Scherze handeln konnte.
»Mensch oder Tier?« erkundigte sich Frascolin.
»Das weiß ich selbst nicht.«
Für einen kurzen Augenblick kam der Mond hinter den Wolken hervor und beschien die Gegend im Umkreis von etwa 100 Schritten.
Pinchinat hatte sich nicht getäuscht.
»Ein Plantigarde!« sagte Yvernes und wich unwillkürlich zurück.
»Zum Teufel«, zischte Zorn, »und damit meine ich dich, Yvernes! Kannst du dir nicht einmal anständiges Deutsch angewöhnen?«
»Ein Bär!!«
»Hört sich schon viel gefährlicher an!«
Die Musiker drängten sich dicht aneinander und wichen langsam zurück, die Augen starr auf das näher kommende Raubtier gerichtet. Der Bär trottete den Männern gefährlich brummend nach.

»Wenn wir jetzt jeder in eine andere Richtung abhauen?« schlug Seine Hoheit vor.
»Nein, wir bleiben beisammen, sonst muß einer für die anderen mit dem Leben bezahlen!« sagte Frascolin ernst. Das Streichquartett schlich gebündelt und aufs äußerste gespannt weiter zurück zu einer helleren Lichtung. Der Bär hatte sich bis auf 10 Schritte genähert.
»Ruhig Blut! Nur nicht den Kopf verlieren«, murmelte die 2. Geige.
»Psst, sonst macht er Hackfleisch aus uns und benutzt die Instrumente als Zahnstocher!«
Die Lichtung war überschritten, die schützende Waldgrenze erreicht. Aber der Bär konnte sich trotzdem jeden Augenblick zum Angriff entschließen.
Da ertönte aus dem Dunkel laute Musik, ein ausdrucksstark gegeigtes Largo!
Yvernes hatte sein Instrument ausgepackt und den Bogen angesetzt.
Der Bär schien sich langsam zu beruhigen, er knurrte freundlich, wiegte sich im Rhythmus. Er schien nicht mehr das Fleisch, sondern nur noch die Musik der Musiker zu wollen. Es hätte nicht viel gefehlt, und er hätte Bravo gerufen! Die 3 anderen zogen sich weiter zurück und stießen auf Yvernes, der noch immer fidelte. Das Tier hielt jetzt an, legte sich etwas zurück und klappte mit den Vordertatzen.
Da nahm auch Pinchinat sein Instrument.
»Den Bärentanz! Allegretto!«
Während die 1. Geige die Melodie in Dur mit vollem Bogen aus der Geige herausstrich, begleitete sie die Bratsche scharf und falsch in Moll.
Da hub der Bär zu tanzen an, hob die rechte, die linke Tatze, drehte und schwenkte sich hin und her und ließ die Musiker sich entfernen.
»Das war ein Zirkusbär.«
»Yvernes hat eine wunderbare Idee gehabt.«
»Nun haut er aber ab, und ohne sich umzusehen«, sagte Zorn aufatmend.
Gegen 21 Uhr erreichten die 4 Musiker endlich Freschal. Etwa 40 Häuschen oder richtiger: Hüttchen aus Holz, im Kreis um einen mit Buchen bepflanzten Platz herumgebaut, Freschal, ein einsames Dorf, 2 km von der Küste entfernt.

»Das soll ein Dorf sein?« fragte Pinchinat pizzicato.
»Hast du denn eine Stadt wie New York oder Philadelphia hier erwartet?« erwiderte Frascolin.
»Wie ausgestorben«, fluchte Sebastian Zorn.
»Das werden wir schon munter kriegen.«
Wenn sie diese regnerische Nacht nicht unter freiem Himmel zubringen wollten, blieb ihnen ja nichts anderes übrig. Der Ort war totenstill, kein Laden offen, nirgendwo mehr Licht im Fenster, alles duster.
»Wo ist denn das Gasthaus?« fragte Frascolin.
»Ja, das Gasthaus, von dem der Kutscher sprach, wo wir für ihn Hilfe erbitten sollten?«
Hatte sich der Kutscher *ge*irrt? Oder hatten sich die 4 Künstler *ver*irrt? War das vielleicht gar nicht Freschal? Die Männer gingen von Haus zu Haus, von Tür zu Tür, von Fenster zu Fenster, sie riefen, klopften an, sahen nach – aber kein Mensch meldete sich, an keinem Haus hing ein Schankzeichen.
»Ich glaube, hier hat Tom Prox gewütet!«
»Das ist kein Dorf, sondern ein Friedhof.«
»Vox clamantis in deserto!«
»Amen.«
Was tun? Nach San Diego weiterwandern? Aber auf welchem Weg? Nach Aussage des Kutschers lag kein anderes Dorf mehr an der Küste.
»Warten wir mit dem Marschieren bis morgen!«
»Aber so einfach unter freiem Himmel schlafen? Das kann man keinem Menschen, auch nicht Künstlern, zumuten.«
Da kam Pinchinat auf eine Idee. Seine Ideen waren zwar nicht immer die besten, sprudelten aber um so heftiger durch sein Gehirn.
»Liebe Freunde, was gegen ein Raubtier Erfolg hatte, warum soll das nicht auch gegen ein kalifornisches Dorf helfen? Den Bären haben wir durch ein bißchen Musik gezähmt, geben wir jetzt also ein lautes Streichkonzert. Was meint ihr?«
»Hhm, versuchen wir es einmal, vielleicht können wir uns 4 Betten zurechtgeigen«, meinte Frascolin.
Sebastian Zorn hatte Pinchinat gar nicht erst ausreden lassen, sondern gleich ausgepackt.
»Das h-Moll-Quartett von Pawlow«, rief er.
Dieses Stück kannten sie auswendig. Jeder beherrschte es. Zorn gab das Zeichen zum Beginn, sie setzten die Bogen an, und es

erklangen in der Nacht von Kalifornien 2 Geigen, eine Bratsche und ein Cello! Und das Konzert-Quartett, das sonst nur vor ausverkauften Häusern musizierte, spielte auch hier mit Verve und Innigkeit. Wären sie auf einem Friedhof gestanden, die Gräber hätten sich öffnen, die Toten sich aufrichten und die Skelette die Knochen zusammenschlagen müssen.
Aber die Häuser blieben geschlossen, kein Fenster erhellte sich. Das Musikstück endete, ohne daß sich jemand bemerkbar gemacht hätte.
»Da sitzt doch der Teufel drin«, fluchte Sebastian Zorn wütend, »sind denn diese Typen noch wilder als Raubtiere? Haben die keine Musikknöchelchen? Auch gut! Wir fangen noch einmal von vorne an. Du, Yvernes, spielst in D-, du, Frascolin, in E- und Pinchinat in G-Dur. Ich bleibe in h-Moll. Auf geht's! Polytonal!!«
Was jetzt folgte, hätte jedem Kritiker die Mumps angehext. Es gab einen feinorganisierten Höllenlärm, der seiner Zeit weit voraus war. Ein Konzert, das Mozart, Bach, Beethoven zu Wanderpredigern gemacht hätte.
Da und dort erhellten sich einzelne Fenster.
»Die Leute werden uns mit Violinschulen bombardieren«, prophezeite Pinchinat zwischen den Sätzen.
Die Kakophonie endete mit einem grausigen und mörderischen Mißklang, die Nacht bekam eine Gänsehaut. Statt mit Violinschulen zu werfen, klatschten die aus den Fenstern hängenden Leute frenetisch Beifall. War das möglich? Gab es etwa mehr Dinge zwischen Violin- und Baßschlüssel, als ein braves Quartett zu träumen wagte?
»Hoffentlich verschaffen die uns jetzt ein Bett!«
Da näherte sich auch schon von der Ecke des Platzes ein hochgewachsener, wohlbeleibter Mann.
»Meine Herren, Sie haben mich hoch beglückt!« sagte er in einwandfreiem Französisch.
»Das hat Ihnen gefallen?!«
»Das Pawlow-Quartett habe ich selten in solcher Vollendung gehört.«
»Dann entschuldigen Sie uns, daß wir anschließend . . .«
»Aber, aber«, unterbrach der fremde Kunstfreund, »auch der Lärm davor war blendend gespielt! Außerdem habe ich Ihre Absicht begriffen! Darf ich Ihnen einen Vorschlag machen?«
»Ein Bett??« brummte Sebastian Zorn vor sich hin.

»Wenn ich mich nicht irre, so habe ich das berühmte Konzert-Quartett vor mir.«
»Richtig. Doch wo ... könnten wir ... ich meine, wo könnten wir ...« stotterte Frascolin.
»4 km von hier.«
»Nicht hier?«
»Nein, in einer Stadt!«
»Einer bedeutenderen Stadt?«
»Ja.«
»Aber man hat uns gesagt, daß es hier und vor San Diego keine ...«
»Ein Irrtum.«
»Ein Irrtum?«
»Folgen Sie meiner Einladung, Sie werden es nicht bereuen, man wird Sie empfangen, wie es berühmten Leuten gebührt.«
»Das sollten wir annehmen«, sagte Yvernes.
»Meine ich auch«, erwiderte Pinchinat.
»Wir werden in San Diego erwartet, wo wir ein Konzert geben müssen«, sagte Zorn.
»Übermorgen, am Sonntag«, setzte Frascolin hinzu.
»Ah, so!«
Nach einer Pause sagte der Mann:
»Aber das macht ja nichts! Sie können trotzdem am Sonntag in San Diego sein, ich verspreche es.«
Der Vorschlag war so verführerisch, daß die Musiker nicht zögerten.
»Okay! Wir nehmen an.«
»Abgemacht! Brechen wir sofort auf. In 20 Minuten sind wir am Ziel.«
Die Fenster waren bereits wieder verschlossen und dunkel.
Die Musiker folgten dem Amerikaner zu einem Wagen, luden ihre Instrumente auf, stiegen ein und los ging's. Nach einer Viertelstunde leuchtete am Horizont ein weißlicher Schein auf, ein die Augen blendendes Durcheinander von grellen Strahlen. Da hielt der Chauffeur den Wagen an.
»Aha, da wären wir ja an der Küste«, sagte Frascolin.
»Das ist nur ein Fluß, den wir jetzt überqueren.«
»Aber wie denn?«
»Mit der Fähre.«
Der Wagen fuhr langsam auf das in Amerika gebräuchliche Ferryboat. 2 Minuten später legte es drüben an einer Quai-

mauer an. Der Wagen rollte herunter und fuhr über Alleen zu einer hellerleuchteten Parkanlage. Das Parktor öffnete sich. 5 Minuten später stiegen die Künstler vor einem eleganten Hotel aus, wo sie höchst zuvorkommend empfangen wurden. Man geleitete sie in einen Raum und bat sie, an einer reichlich gedeckten Tafel Platz zu nehmen.
»Dann mal los, ich habe Hunger für 3!«
»Guten Appetit!«
Nach dem Abendessen führte sie der Oberkellner zu einem geräumigen Zimmer und zeigte ihnen die Betten. »Ich bin zu müde, um mich zu fragen, was das alles zu bedeuten hat«, sagte Pinchinat und drehte sich auf die andere Seite. Bald schnarchten alle 4 in so außergewöhnlicher Harmonie, daß der weltweite Erfolg des Konzert-Quartetts leicht zu begreifen war.

3

Am frühen Morgen, um 7 Uhr, erwachten die Musiker.
»Allons! Hopp! Aufstehen!« rief Pinchinat.
»Immer dasselbe Lied, wenns am schönsten ist, muß man raus«, sagte Yvernes traurig.
»Wir haben nicht viel Zeit!« sagte Seine Hoheit.
»Morgen müssen wir unbedingt in San Diego sein«, brummte Zorn.
»Schaffen wir bequem, ein halber Tag wird zur Besichtigung dieser Stadt ja hoffentlich ausreichen.«
»Was mich wundert«, sagte Frascolin, »ist, daß sich hier überhaupt eine so bedeutende Stadt befindet. Der Kutscher hat davon nichts gesagt.«
»Hauptsache, wir sind hier, du alter G-Schlüssel!«
Das Zimmer besaß 2 große Fenster mit einer 2 km weiten Aussicht auf eine breite Allee. Die Toiletten waren nach dem neuesten Standard eingerichtet: fließendes kaltes und warmes Wasser, Waschschüsseln, die sich durch Achsendrehung automatisch leerten, Fuß- und Handwärmer, Parfümzerstäuber, die durch Knopfdruck bedient wurden, elektrische Ventilatoren, mechanische Bürsten für das Haar, die Kleidung und die Schuhe, elektrische Uhr, elektrische Ölfläschchen und Zimmertelefone.

Man konnte von hier aus nicht nur in die verschiedenen Zimmer dieses Hotels rufen, sondern auch in die Stadt und – womöglich – auch in andere Städte der Vereinigten Staaten.
»Vielleicht sogar nach Europa«, überlegte Yvernes.
2 Minuten nach 7.45 Uhr ertönte folgende telegraphische Mitteilung in englischer Sprache:
Calistus Munbar entbietet seinen Guten Morgen allen verehrlichen Mitgliedern des Konzert-Quartetts und ersucht sie, sobald sie dazu fertig sind, herunterzukommen, um im Dining-room des Excelsior-Hotels das erste Frühstück einzunehmen!
»Excelsior- Hotel, das klingt vielversprechend.«
»Calistus Munbar, das ist wohl unser freundlicher Amerikaner von gestern. Großartiger Name!« sagte Pinchinat.
»Mein Magen knurrt, gehen wir frühstücken«, sagte Zorn, »alles andere können wir nachher . . .«
»Nachher gehen wir in der Stadt spazieren. Doch was in aller Welt kann das für eine Stadt sein?«
Pinchinat meldete telephonisch, daß sie in 5 Minuten zum Frühstück erscheinen würden. Sie verließen ihr Zimmer, stiegen in den Aufzug und ließen sich in die riesige Hotelhalle hinunterfahren. An der Rückseite des Flurs führte die Tür zum Dining-room, einem großen, mit Goldschmuck verzierten Saal.
»Ganz zu Ihren Diensten, meine Herren, hoffe wohl geschlafen zu haben!« begrüßte sie der Amerikaner von gestern abend, Calistus Munbar. Er mußte zwischen 50 und 60 Jahren sein, sah aber um ein Jahrzehnt jünger aus, mittelgroß, ziemlich beleibt, starke Statur. Man hatte das Gefühl, daß er, wie man sagt, vor Gesundheit nur so strotzte. Er trug ein weites, katechufarbenes Jackett aus Diagonalstoff. Aus der Seitentasche lappte ein Kavalierstuch. Seine Weste war stark ausgeschnitten, schloß mit 3 goldenen Knöpfen, von einer Tasche zur anderen baumelte eine schwere Uhrkette. An den dicken, roten Fingern steckten diverse Ringe.
Calistus Munbar schien genau zu wissen, was er wollte, sein Gesichtsausdruck war ausdrucksvoll, er lachte gern und ziemlich laut, mehr durch die Nase als durch den Mund.
Er lüftete den breitkrempigen Hut, dem eine Feder à la Louis XIII. nicht schlecht angestanden hätte, drückte den Künstlern die Hand und führte sie zur Tafel, wo ein Teekessel und ein landesüblicher Braten dampften. Calistus Munbar sprach ohne

Unterbrechung, er hob die Vorzüge seiner Stadt hervor, lobte die wunderbare Stadtgründung etc. Die Musiker aßen und lauschten. Nach dem Frühstück sagte Munbar:
»Wollen Sie mir folgen? Zuvor noch eine Warnung!«
»Und die wäre?« fragte Frascolin.
»Auf die Straße spucken ist strengstens untersagt!«
»Das ist ohnehin nicht unsere Gewohnheit«, protestierte Yvernes.
»Um so besser, dann haben Sie keine Geldstrafen zu befürchten.«
»In Amerika und nicht ausspucken??!« murmelte Pinchinat ungläubig.
Calistus Munbar kannte hier jedes Haus, jedes Hotel, er wußte, wer wo wohnte, jeder Passant grüßte ihn. Die Stadt war regelmäßig angelegt. Die Alleen und Straßen, mit überdachtem Gehsteig, schnitten sich genau rechtwinklig. Die einzelnen Häuser, soweit es sich nicht um Geschäftshäuser handelte, sahen aus wie Paläste, ebenso phantastisch wie solide gebaut, mit verschwenderischen Park- und Gartenanlagen umgeben. Auffällig aber war, daß die Bäume nirgendwo richtig hochwuchsen, was bei dem sonst in Amerika fruchtbaren Boden überraschte.
Das Streichquartett schlenderte durch die Straßen, jeder betrachtete, was ihn interessierte, und Calistus Munbar beantwortete ruhig und sachgemäß alle Fragen, d. h. er plauderte, faselte, erklärte in einem fort, ohne speziell gefragt zu werden.
»Wir sind jetzt in der dritten Alleestraße, von denen es 30 in der Stadt gibt. Das hier ist unser *Broadway*, unsere *Große Friedrichstraße*, unsere *Regent-Street*, unser *Boulevard des Italiens*, ganz wie Sie wollen! In den Magazinen und Bazaren finden Sie alles, was man zu einem verfeinerten Leben und modernem Komfort braucht, Überflüssiges und Notwendiges.«
»Ich sehe aber gar keine Einkäufer?« fragte Pinchinat.
»Wahrscheinlich ist es dafür noch zu früh«, überlegte Yvernes.
»Das nicht, aber die meisten Bestellungen erfolgen telephonisch oder telautographisch.«
»Telautographisch? Was bedeutet das?« fragte Frascolin.
»Wir benützen einen trickreichen Apparat, der die Handschrift so überträgt wie das Telephon die Stimme; der Phonograph, das Telephot, der Kinetograph, das ist ja alles etwa dasselbe.

Der Telautograph bietet mehr Sicherheit als die einfache Depesche, deshalb benützen wir ihn. Einfach, nicht wahr?«
»Hhmm, hhmm, Telecello, Telebratsche«, brummte Zorn vor sich hin.
»Mit dem Telautograph werden Bestellungen aufgegeben, Rechnungen zugeschickt und Verträge geschlossen.«
»Etwa auch Eheverträge??«
»Ja, Herr Violerich! Warum nicht über den elektrischen Draht heiraten?«
»Und auch wieder scheiden?«
»Das auch! Kommt sogar häufiger vor.«
Der Cicerone lachte dabei so unbändig, daß alle Schmuckstücke an seiner Weste klirrten.
»Sie sind ja lustig«, kicherte Pinchinat, von Calistus Munbar angesteckt.
»Das kann man sagen! Lustig wie ein Schwarm Buchfinken im Sommer!«
Sie stießen auf eine breite Querstraße, die 19. Allee, in der Handel verboten war. Die Wagen rollten über die mit australischem Jarraholz belegte, wie glatt geschmirgelte, völlig staubfreie Straße. Frascolin, der sich an allem ungewöhnlich interessiert zeigte, meinte, unter den Füßen einen metallischen Klang zu hören. Er wollte sich bei Calistus Munbar gerade deshalb erkundigen, als dieser ausrief:
»Sehen Sie sich dieses Hotel an, meine Herren!«
Er deutete auf ein großes, verschwenderisch angelegtes Gebäude, dessen Seitenflügel, die einen Park einschlossen, durch ein Aluminiumgitter verbunden waren.
»Dieser Palast wird von einer der ersten Familien der Stadt bewohnt. Jem Tankerdon ist Eigentümer unerschöpflicher Petroleumquellen in Illinois und der reichste und deshalb auch der ehrbarste und meistgeschätzte unserer Mitbürger.«
»Millionär?« fragte Sebastian Zorn.
»Pah!« stieß Calistus Munbar aus. »Was ist schon ein Millionär! Hühnerscheiße! Da gibt's Hunderte davon. In unserer Stadt wohnen schwerreiche Nabobs, das erklärt auch, warum die Kaufleute hier so gute Geschäfte machen, ich meine dabei die Einzelhändler, nicht die Großhändler, die gibt es hier überhaupt nicht!«
»Aber es gibt Industrielle?« fragte Pinchinat.
»Nein.«

»Aber doch Reeder?!«
»Auch nicht.«
»Also nur Rentner?«
»Außer den Kaufleuten nur Rentner.«
»Gibt es denn keine Handwerker hier?«
»Wenn man welche braucht, läßt man sie von auswärts kommen, wenn die Arbeit gemacht ist, gehen sie wieder weg, natürlich mit einem schönen Batzen Geld in der Tasche.«
»Aber, Herr Munbar, Sie haben doch auch arme Schlucker!?« fragte Frascolin.
»Nein, Herr Geiger, von dem Schlag werden Sie bei uns keinen finden.«
»Das Betteln ist also strengstens untersagt.«
»Wir brauchen dieses Verbot gar nicht, denn die Stadt ist solchen Individuen nicht zugänglich. So etwas paßt für die Städte der Union mit ihren Stiften, Asylen und Arbeitshäusern.«
»Wollen Sie damit sagen, daß es hier auch keine Gefängnisse gibt!?«
»Genau das.«
»Keine Verbrecher oder Übeltäter?«
»Die haben in der Alten und Neuen Welt bessere Arbeitsbedingungen, glauben Sie mir.«
»Wenn man Ihnen so zuhört«, sagte Sebastian Zorn, »könnte man meinen, gar nicht in Amerika zu sein.«
»In Amerika waren Sie gestern.«
»Was soll denn *das* wieder heißen. Mir schwirrt der Kopf.«
»Heute, meine Herren, befinden Sie sich in einer freien, unabhängigen Stadt, auf die Amerika keinen Einfluß ausüben kann, die nur sich selbst regiert.«
»Und der Name dieser Stadt?« fragte Zorn, und sein Gesicht rötete sich.
»Den will ich Ihnen noch verschweigen, wenn Sie gestatten!«
»Wann werden wir ihn erfahren?«
»Wenn Ihr Besuch beendet ist. Ich brauche nicht zu sagen, welche Ehre es für uns ist, Sie hier begrüßen zu dürfen!«
Die Musiker fragten sich, wie es überhaupt möglich war, daß eine so bedeutende Stadt an der Küste Kaliforniens liegen konnte, ohne der Föderation der Vereinigten Staaten anzugehören. Und ferner: wie sollte man es sich erklären, daß der Kutscher, ein Mann, der sich hier doch auskannte, nichts von dieser Stadt wußte?

Wie auch immer: in 24 Stunden mußten sie in San Diego sein, sonst kamen sie zu spät zu ihrem Konzert. Wenn Munbar schwieg, würde man sein Geheimnis eben in San Diego lüften!

»Meine Herren«, fuhr der Amerikaner fort, »hier stehen wir am Beginn der 37. Avenue. Betrachten Sie die zauberhafte Perspektive! Auch hier keine Bazare und Magazine! Nur Privatwohnungen! Allerdings sind die Leute hier nicht ganz so wohlhabend wie die in der 19. Avenue. Diese hier sind nur 10- bis 12fache Millionäre.

»Arme Schlucker«, spottete die Bratsche.

Das Wort »Millionäre« kehrte bei den Ausführungen Calistus Munbars immer wieder. Jedesmal, wenn er es aussprach, blähte er die Backen auf, und das Wort bekam einen metallischen Klang.

Noch immer schlenderten Sebastian Zorn, Pinchinat, Yvernes und Frascolin durch die mysteriöse Stadt, deren geographische Lage sie nicht kannten. Gutgekleidete Menschen belebten die Straße, Tramwagen, Karren und andere Vehikel schnurrten elektrisch angetrieben umher. Verschiedene Hauptverkehrsadern waren mit beweglichen Gehsteigen versehen, die im Kreis herumführten und auf denen die Leute spazierten, als führen sie mit der Eisenbahn.

»Aha, da ist auch eine Kirche!«

»Das ist der protestantische Tempel«, erklärte Calistus Munbar.

»Gibt es hier auch katholische Kirchen?«

»Ja. Ich will Ihnen dazu sagen, daß es hier nur 2 Religionen, den Katholizismus und den Protestantismus, gibt und nicht, wie in den Staaten, 1000 verschiedene Sekten und Grüppchen, z. B. Methodisten, Anglikaner, Presbyterianer, Anabaptisten, Wesleyaner etc.«

»Welche Sprachen spricht man hier?« fragte Frascolin, der sich bereits wieder auf alles gefaßt machte.

»Englisch und französisch.«

»Oho, meine Gratulation!« sagte Pinchinat.

»Die Stadt ist deshalb auch in 2 annähernd gleiche Hälften geteilt. Hier sind wir in der ...«

»... westlichen Hälfte, glaube ich!« fiel Frascolin ein.

»In der westlichen? Nun ja, wenn Sie wollen ...«

»Wieso? Nur wenn *ich will*? Verändern sich denn die Himmelsrichtungen je nach Wunsch?«

»Ja und nein«, antwortete Calistus Munbar. »Diese Hälfte ist ausschließlich von Protestanten, die auch hier immer praktische Leute geblieben sind, bewohnt, während die andere Hälfte die mehr der Phantasie nachhängenden Katholiken einnehmen. Dieser Tempel ist also protestantisch.«
»Das sieht man. In diesem Bunker kann keine Erhebung zu Gott stattfinden!«
»Braucht man überhaupt Kirchen? Geht das nicht alles besser telephonisch?«
»Natürlich.«
»Kann man auch telephonisch beichten?«
»Auch das«, schmunzelte Calistus Munbar.
»Nicht zu glauben, nicht zu glauben«, murmelte Zorn und kratzte sich im Genick.
»Sie müssen doch zugeben, daß das alles sehr praktisch eingerichtet ist.«
»Zugegeben, praktisch aus dem Effeff, einwandfrei!« bestätigte Pinchinat.

4

Um 11 Uhr und nach einem so langen Spaziergang knurrten den 4 Künstlern die Mägen, melodisch und im Takt. In der Stadt selbst schien es nicht viele Restaurants zu geben, die Bewohner zogen es offenbar vor, zu Hause zu essen. Der Touristenverkehr war allem Anschein nach äußerst gering.
In wenigen Minuten beförderte ein Tramwagen die Künstler und Calistus Munbar zu ihrem Hotel, wo sie sich sofort an einer gedeckten Tafel satt aßen. Gegenüber dem amerikanischen Fraß gab es hier Qualität statt Quantität, Rind- und Hammelfleisch waren vorzüglich, das Geflügel zart und wohlriechend, der Fisch verlockend frisch. Alle 4 Musiker langten kräftig zu.
Munbar pflegte einen eigenartigen Humor, er sprach unaufhörlich, erzählte über die Stadt, aber nie das, was die Musiker so brennend interessierte, d. h. die geographische Lage und ihren Namen. Was sollte diese Geheimnistuerei?
Eben wollten die Herren das Dessert mit einer guten Tasse Tee begießen, da krachte eine heftige Detonation. Die Scheiben des gesamten Hotels zitterten.

»Was war das?« fragte Yvernes und sprang auf.
»Beruhigen Sie sich, das war nur die Kanone unseres Observatoriums.«
»Wenn sie die Mittagsstunde anzeigen will, kommt der Schuß etwas spät«, meinte Frascolin und schaute auf seine Uhr.
»Nein, Herr Violerich, die Sonne geht hier ebensowenig wie anderswo vor oder nach. Aber wollten wir nicht noch den anderen Stadtteil besichtigen? Ich wäre todunglücklich, wenn ich Ihnen nicht alles gezeigt hätte.«
»Eine Frage noch: wann geht unser Zug nach San Diego?« fragte Sebastian Zorn, dem als Organisator sehr daran lag, das Konzert nicht zu versäumen.
»Oh, erst am Abend«, antwortete Calistus Munbar und zwinkerte mit dem linken Auge. »Kommen Sie, meine Herren, Sie werden es nicht bereuen, mich als Ihren Führer gehabt zu haben.«
Sie verließen das Excelsior-Hotel und gingen die Straße hinauf. Wie gut der Wein war, merkten sie erst jetzt. Die Kniegelenke schienen aus Gummi zu sein und die Landschaft schwankte wie bei Seegang.
Im katholischen Stadtteil ging es weit lebhafter zu. Die Läden waren Schaufenster des christlichen Abendlandes, die Villen glichen Palästen in den Gefilden der Seligen und die Hotels boten allen erdenklichen Prunk. Auch die Bevölkerung unterschied sich durch Kleidung, Benehmen und Auftreten stark von den Protestanten der anderen Seite.
In der Mitte der 15. Avenue hielten die Besucher plötzlich an.
»Das ist aber ein Brummer«, schwärmte der Primgeiger. »Das Palais der Familie Coverley, Nat Coverley, der Konkurrent Jem Tankerdons ...«
»Hat er mehr als Tankerdon?«
»Nicht unbedingt! Ein Ex-Bankier aus New-Orleans, der mit jedem Finger 100 Millionen flüssigmacht.«
»Sind die beiden Feinde?«
»Sie sind eifersüchtig aufeinander und auf ihren Einfluß.«
»Sie hatten recht: beide Hälften der Stadt sind so verschieden, wie man sich nur denken kann.«
»Sie sind verschiedenen Anschauungen angepaßt, je nach den Wünschen derer, die hier ein ruhiges, sorgloses und glückliches Leben suchen, ein Leben, wie es keine andere Stadt der Welt bieten kann.«

»Beim Apoll, Sie spannen uns aber auf die Folter.«
»Ich denke, Sie sollten endlich mit dem Namen dieser Stadt herausrücken«, brummte Sebastian Zorn.
»Noch nicht«, sagte der Amerikaner und schob das Binocle zurecht.
»Ich hätte einen Vorschlag«, meldete sich Frascolin.
»Steigen wir doch auf den Turm der Saint-Mary-Kirche, von dort oben haben wir sicher einen grandiosen Rundblick über die Stadt.«
»Nein, das nicht«, wehrte Calistus Munbar ab, »jetzt nicht ... vielleicht später einmal.«
»Aber wann?« fragte der Cellist Zorn, dem diese Geheimnistuerei langsam auf den Wecker ging.
»Am Ende unseres Ausflugs!«
»Aber kommen wir denn hier wieder vorbei?«
»Brauchen wir nicht. Von unserem Observatorium ist der Blick besser, es überragt die Kirche um ein Drittel.«
Frascolin drängte weiter, er wollte sogleich auf den Turm. Aber Munbar sagte nur:
»Verderben Sie mir die Pointe nicht!«
Sie besuchten das Handelsviertel, die Schuster, Metzger, Schneider, Hutmacher, Gewürzkrämer und Bäcker. Von allen vorbeigehenden Passanten wurde Munbar gegrüßt. Er erwiderte die Grüße mit eitler Selbstgefälligkeit.
Gegen 14 Uhr erreichte das Streichquartett die Grenze des katholischen Teils, ein herrliches, mit Blumen und Schlingpflanzen verziertes Gitter. Weiter draußen lag offenes Land, dessen Kreislinie mit dem Horizont zusammenfiel.
Frascolin machte eine erstaunliche Beobachtung, die er vorerst für sich behielt: die Sonne hätte sich zu diesem Zeitpunkt eigentlich im Südwesten befinden müssen, aber sie stand im Südosten.
»Meine Herren, die Trambahn wird in ein paar Minuten abfahren. Gehen wir zum Hafen.«
»Auch einen Hafen gibt es hier?« fragte Zorn kopfschüttelnd.
»Ja, etwa 1,5 km von hier. Auf der Fahrt dorthin können Sie unseren Park bewundern.«
Sie stiegen in die Trambahn ein. Die Fahrgäste gaben Calistus Munbar die Hand. War er denn aller Welt bekannt? Was sich jetzt vor den Augen der Musiker ausbreitete, durfte wahrhaftig Park genannt werden: eine englische Anlage mit plätschern-

den Springbrunnen und Blumenarrangements, mit Geranien, Orangen, Zitronen- und Olivenbäumen, mit Lorbeerrosen, Mastix, Aloes, Kamelien, Dahlien, weißen Alexandrinerrosen, Hortensien, weißen und roten Lotosblumen, mit südamerikanischen Passionsblumen, Fuchsien, Salbei, Begonien, Hyazinthen, Tulpen, Krokussen, Narzissen, persischen Ranunkeln, Orchideen, Zyklamen, Pantoffelblumen, baumartigen Farnen, mit indischem Blumenrohr, Palmen, Datteln, Feigen, Eukalyptusbäumen, Mimosen, Bananen, indischen Birnen, Flaschenkürbissen und Kokosbäumen – kurz: jeder Pflanzenfreund wäre in Ohnmacht gefallen! Auf dem frischen Gras weideten Hirschkühe, Lämmer und Rehe und stillten ihren Durst aus einem kleinen dahinmäandernden Bach. Aber irgendwie erschien alles künstlich, nicht naturgewachsen.
Pinchinat konnte sich darum die Frage nicht verkneifen: »Das ist wohl alles, was Sie hier an Flüssen angelegt haben?«
»An Flüssen? Wozu sollen die denn gut sein?« fragte Calistus Munbar zurück.
»Um Wasser zu geben.«
»Wasser ist eine ungesunde, mikrobisch verseuchte Flüssigkeit.«
»Aber es gibt doch auch reines Wasser.«
»Wir können je nach Wunsch von jeder Verunreinigung freies, sogar moussierendes oder eisenhaltiges Wasser herstellen, mit und ohne Geschmack.«
»Jetzt fehlt nur noch, daß Sie hier auch Regen erzeugen.«
»Sie werden's nicht glauben, aber so ist es!«
»Also Regen auf Befehl?«
»Regen, den ein im Boden liegendes Röhrennetz regelmäßig und deshalb vorteilhafter verteilt. Wir sind von den Launen des Klimas unabhängig, wir bedienen uns selbst.«
»Einen Augenblick, Herr Munbar. Sie können Regen vielleicht herstellen, aber Sie können nicht verhindern, daß er vom Himmel herabfällt.«
»Verstehe ich nicht.«
»Na, zum Beispiel während der schlechten Jahreszeit mit ihren Orkanen und Stürmen, Tornados und Zyklonen.«
»Schlechte Jahreszeit? Noch nie gehört!«
»Im Winter!!« rief Frascolin wütend.
»Was ist das: Winter?«

»Winter mit Frost, Eis und Schnee!!!!« brüllte Sebastian Zorn, dem der Geduldsfaden nun endgültig gerissen war.
»Kennen wir nicht!« versicherte Calistus Munbar achselzukkend.
Die Musiker sahen sich verdutzt an. War dieser Amerikaner verrückt oder simulierte er nur?!
Die Trambahn glitt weiter durch den Park. Da fiel den Künstlern eine gewaltige Industrieanlage auf mit Schornsteinen, riesigen rotierenden Schrauben und überdachten Werksanlagen. Aber aus den hohen Schloten wirbelten statt des sonst üblichen schwarzen Qualms nur dünne Wölkchen auf, die die Luft nicht im geringsten verunreinigten.
»Was ist das für eine Anlage?« fragte Pinchinat.
»Eine Fabrik mit Petroleum-Verdampfungsapparaten!«
»Und wozu dient sie?«
»Sie liefert elektrische Energie für den Park, das Feld und für die ganze Stadt. Sie erzeugt auch den Strom für unsere Telegraphen, Telephone, Telephote, für die Klingeln und Küchengeräte, die Arbeitsmaschinen, Bogen- und Glühlampen, für unsere Aluminiummonde und unterseeischen Kabel . . .«
»Unterseeische Kabel?«
»Durch sie ist die Stadt mit der amerikanischen Küste verbunden.«
Die Trambahn rollte in das Hafengelände ein. Der eigentliche Hafen, groß genug für ein Dutzend Schiffe, war mehr ein ovales Bassin, das durch 2 auf Eisengerüsten ruhenden Piers gebildet wurde, auf denen an jeder Seite ein kleiner Leuchtturm ragte.
»Wo ist denn der Fluß, den wir gestern überquerten?« fragte Frascolin.
»Auf der anderen Seite.«
Jetzt erinnerte Sebastian Zorn Calistus Munbar an das Konzert in San Diego und drängte auf Abfahrt!
»Keine Angst, Sie schaffen das schon noch. Fahren wir erst zur Stadt zurück und gehen zum Observatorium.«
»Ich nehme Sie beim Wort«, sagte der Cellist.
»Morgen bei Sonnenaufgang werden Sie nicht mehr da sein, wo Sie augenblicklich sind.«
Sie fuhren mit einer Lokomotive etwa 6 km am Meer entlang, dann wechselten sie in eine Trambahn über, die sie in die Stadt brachte. Calistus Munbar zog seine Uhr, eine teure Uhr von

Standard-Island, wie es im Buche steht!

Sivan in Genf, heraus, drückte auf einen Knopf; eine Stimme ertönte: 16.13 Uhr!
»Sie haben nicht vergessen, daß wir vom Observatorium einen Blick auf die gesamte Stadt genießen wollen?« erinnerte Frascolin.
»Ich würde eher meinen Namen vergessen! Noch 6 km, und wir stehen vor dem prächtigen Gebäude, das am Ende der 1. Avenue errichtet wurde und die beiden Stadthälften trennt.«
Es schlug 16.30 Uhr. Das große Zifferblatt der Turmuhr ähnelte dem des Londoner Big Ben. Sie kamen zu den verschiedenen Gebäudekomplexen des Observatoriums. Calistus Munbar ging seinen Gästen voraus, öffnete eine Pendeltür, trat zum Aufzug, sie fuhren hoch zur Plattform des Turms. Oben wehte eine Flagge, deren Nationalitätsbezeichnung die Musiker aber nicht erraten konnten. Auf den ersten Blick schien es das Sternenbanner, aber statt der verschiedenen Sterne hatte es im oberen Feld neben den roten Streifen auf weißem Grund nur einen einzigen Stern, d. h. eine auf himmelblauem Grund leuchtende Sonne.
»Unsere Flagge, meine Herren!« sagte Calistus Munbar und lüftete den Hut.
Auch die Musiker grüßten. Dann aber zuckten sie alle 4 zusammen und schrien empört auf.
Unter ihnen lag die Stadt, ein regelmäßiges Oval, ganz vom Meer umgeben. Kein anderes Land war weit und breit in Sicht. Was zuerst Überraschung war, ging in Zorn über die Täuschung des Amerikaners über. Wie sollten sie jetzt noch nach San Diego zu dem angesetzten Konzert kommen? Und doch waren sie gestern abend noch an Land?! Die Fahrt hierher hatte nicht sehr lange gedauert. Wie also war es möglich, daß sie von hier oben aus keinerlei Land erkennen konnten?
»Sind wir denn auf einer Insel?« fragte Frascolin voller Erregung, sein friedliches Temperament war völlig aus dem Gleichgewicht geraten.
»So ist es«, bestätigte Calistus Munbar und verzog seinen Mund.
»Wie heißt diese blöde Insel?!«
»Standard-Island!«
»Wie heißt diese blöde Stadt?!«
»Milliard-City!«

5

Die Inseln der Erde sind bis heute noch nicht gezählt worden. Es gibt sicher einige 1000! Aber keine davon genügte den hohen Ansprüchen der Erfinder dieser schwimmenden Anlage. Der Gedanke, pragmatisch, wie ihn sich nur die Amerikaner ausdenken können, war also naheliegend, sich eine künstliche Insel zu bauen.

Standard-Island, was man etwa mit Muster-Insel übersetzen könnte, war eine Schrauben- oder Propellerinsel, und Milliard-City deren Hauptstadt, eine Bezeichnung, die wohl zeigen sollte, daß hier die Milliardäre vom Schlag der Goulds, Vanderbilts und Rothschilds wohnten. Eine künstliche Insel — das war ja an sich keine umwerfende Idee, außergewöhnlich war nur, daß sie schwimmen konnte und ihre Lage ständig veränderte! Schon gegen Ende des 19. Jahrhunderts hatten die Amerikaner bei ihrer Vorliebe fürs Große, Enorme und Bombastische den Plan entworfen, mehrere 100 km vom Festland entfernt in offener See ein riesiges Floß zu bauen. Das wäre, wenn auch keine Stadt, so doch eine Station mit Restaurants, Hotels, Theatern, Clublokalen etc. geworden. Und genau dieses Projekt war hier, in bester Ausführung, verwirklicht worden. Nur war aus dem beabsichtigten Floß eine gigantische, wohl ausgerüstete, hoch technisierte Stadt geworden!

Vor 6 Jahren war eine amerikanische Gesellschaft unter dem Namen Standard-Island Company Ltd. mit einem Kapital von 500 000 000 Dollar (das entspricht 2 Milliarden Mark), in 500 Anteilscheine aufgeteilt, gegründet worden, um diese künstliche Insel herzustellen. Sie sollte den Steinreichen der Vereinigten Staaten all das bieten, was sie nirgendwo sonst in der Welt fanden. Der Bau der Insel nahm 4 Jahre in Anspruch! Standard-Island war aus Stahlplatten gefügt. Die Tragfähigkeit und Widerstandskraft ihres Rumpfes wurde unter Berücksichtigung ungeheurer Belastung errechnet. 270 000 Bauteile, jedes 16,70 m hoch, 10 m lang und breit, waren durch Bolzen und Nieten zu einem Behälter mit einer Gesamtoberfläche von 27 km² verbunden worden. Die ovale Gestalt maß in der Länge 7 km, in der Breite 5 km, der Umfang betrug also 18 km. Bei voller Belastung tauchte die Insel 10 m ein, 7 m ragten aus dem Meer. Das Volumen der Standard-

Island betrug 432 000 000 Kubikmeter, die Wasserverdrängung erreichte ein Volumen von gut 259 000 000 Kubikmeter. Die gesamte Außenwand war mit einem neuen – sein Erfinder wurde dadurch Milliardär – Präparat bestrichen, das jede Muschel- oder Seetierablagerung verhinderte. Gewaltige Querriegel schützten den Inselbauch vor jeder Formveränderung.
Natürlich hatten für den Bau eines solchen Projekts spezielle Werften gebaut werden müssen. Die Standard-Island & Co. hatte deshalb die ganze Magdalenenbucht mitsamt dem Ufergelände, das Gebiet am Wendekreis des Krebses, erworben.
Die Oberleitung der Arbeiten hatte der berühmte William Terson inne, er starb kurz nach Vollendung seines Riesenwerkes. Der Insel-Unterbau wurde, abgesehen von den extra verstärkten Teilen direkt unter der Stadt, mit guter Muttererde aufgeschüttet. Diese Humusdecke genügte für die Vegetation, die sich ohnehin auf Rasenflächen, Blumenbeete, Sträucher, einige Baumgruppen, Weideplätze und Gemüsefelder beschränkte. Der Bedarf an Getreide und Schlachttierfutter wurde durch regelmäßige Zufuhr von außen gedeckt.
$^3/_4$ des Bodens von Standard-Island, also etwa 21 km^2, waren Rasenflächen und dem Anbau von Nutzpflanzen vorbehalten. Man bediente sich hier der Elektrokultur, d. h. unter permanenten elektrischen Strömen wurde das Wachstum der Pflanzen beschleunigt. So züchtete man hier beispielsweise Radieschen von 25 cm Länge und erntete Mohrrüben von 3 Kilo Gewicht. Milliard-City nahm ungefähr $^1/_5$ der Gesamtoberfläche ein, ihre ovale Form zerfiel durch die gut 3 km lange 1. Avenue in 2 Hälften. Die Einwohnerzahl betrug etwa 10 000, ausschließlich Amerikaner, weil internationale Streitereien vermieden werden sollten. Die Yankees aus dem Norden bewohnten die Backbordseite, die aus dem Süden den Steuerbord. Wolkenkratzerbauten waren verpönt. Niedrige Villen aus leichtem, widerstandskräftigem und nicht oxydierendem Aluminium dienten als Behausung. Außerdem wurden künstliche Steine und gläserne, wie Flaschen hochgeblasene Werkstücke verwendet, die durch Mörtelschichten verbunden wurden. Deshalb waren bestimmte Teile verschiedener Häuser durchsichtig.
Die Propellerinsel gehörte der Standard-Island Company. Alle Bewohner der künstlichen Insel waren, wieviel Geld sie auch besaßen, nur Mieter.

Die verschiedenen Teile der Insel werden aneinandergefügt.

Wenn statistisch nachgewiesen ist, daß der Goldvorrat der Erde 18 Milliarden und der Silbervorrat 20 Milliarden beträgt, so besaßen die Bewohner der Propellerinsel einen beträchtlichen Anteil davon. Aber natürlich gab es auch weniger begüterte Leute auf der Insel, z. B. Lehrer, Lieferanten, Angestellte, Dienstboten. Dazu kamen ein paar Advokaten, Ärzte, Rezensenten. Auf diesem Juwel im Stillen Ozean starb man nur, weil man halt irgendwann sterben mußte. Frühzeitige Todesfälle waren höchst selten, denn es gab ja keine Restaurants und keine Cafés auf der Insel, wo man Gift in Form von Alkohol kaufen konnte. Auch die Luft und das Wasser waren chemisch rein.
Standard-Island besaß 2 Häfen: den Backbord- und den Steuerbordhafen. Unterbrechungen in der Lebensmittel- oder Warenzufuhr waren so gut wie ausgeschlossen. Die Insel propellerte nicht aufs Geratewohl umher. Ihre Route erfolgte nach einem von der obersten Verwaltungsbehörde festgesetzten Plan, der sich nach den Beobachtungen der Meteorologen des Observatoriums richtete. Ihre Fahrt war eine Spazierfahrt durch jenen Teil des Stillen Ozeans, der die herrlichsten Inselgruppen umschließt; Witterungsumschwüngen fuhr man aus dem Weg. Deshalb hatte Calistus Munbar auch geantwortet: »Was ist das: Winter?«
Die Insel bewegte sich nur zwischen 35° nördlicher und 35° südlicher Breite. Die die Insel anlaufenden Schiffe konnten also die Propellerinsel leicht anpeilen. Da die Insel völlig unabhängig sein wollte, verzichtete sie auch auf die 25 und 24 000 km langen Kabel der Eastern Extension Australasia and China Co. Statt dessen verteilte man mehrere 100 Bojen im Meer, versehen mit einem elektrischen Kabel, das mit dem Observatorium in Verbindung stand. So konnte man die Vertreter der Standard-Island & Co. im Heimathafen Magdalenenbucht über alles auf dem laufenden halten. Sie ihrerseits unterrichteten dann die Schiffe.
2 Anlagen, Dynamos von fast unbegrenzter Leistungsfähigkeit, genügten, um die Insel mit einem Gleichstrom von 2000 Volt fortzubewegen. Die Dynamos trieben mächtige Propeller in Hafennähe an. Sie entwickelten gemeinsam 10 000 000 PS. Die Anlagen unterstanden 2 Hauptingenieuren, Watson und Somwah, denen viele Mechaniker und Heizer bei der Arbeit halfen. Dic Oberleitung lag in den Händen von Com-

»Sieht doch gut aus, nicht wahr? Aber eigentlich geht es mich ja nichts an«, sagte Calistus Munbar.

modore Ethel Simcoe. Von seinem Sitz im Observatorium stand er mit den beiden Elektrizitätswerken in telephonischer Verbindung. Er bestimmte nach dem zuvor festgelegten Plan die Route der künstlichen Insel. Von hier aus war auch in der Nacht vom 25. zum 26. der Befehl gegeben worden, die kalifornische Küste anzulaufen, von wo aus jedesmal die jährliche Reise ihren Anfang nahm. Die Höchstgeschwindigkeit der Insel betrug 8 Knoten/h. Die gewaltigsten Brecher des Ozeans blieben wirkungslos, durch ihre Größe und ihr Gewicht wurde jedes Schwanken auf ein Minimum reduziert, Seekrankheiten gab es deshalb nicht.
Augenblicklich befand sich die Propellerinsel auf ihrer 2. Reise. Calistus Munbar hatte durch das Telephon erfahren, daß sich das berühmte Konzert-Quartett zwischen San Franzisko und San Diego aufhielt. Er zögerte nicht, sie an Bord, an Land zu holen.

6

Sebastian Zorn, Frascolin, Yvernes und Pinchinat waren weiß Gott einiges gewohnt, aber Opfer eines Menschenraubs waren sie noch nicht gewesen.
Zorn war drauf und dran, Calistus Munbar an die Kehle zu springen, wenn der nur noch da wäre. Aber der Amerikaner mußte mit diesem Wutausbruch der Musiker gerechnet haben, im ersten Überraschungsmoment hatte er sich vom Fahrstuhl wieder nach unten fahren lassen.
»Dieser Gauner, diese Quadratkanaille, dieser Lämmerschwanz, diese Ovalnulpe, so ein Kavaliersgangster!!!« brüllte Zorn.
»Aber immerhin hat er uns dieses Wunder gezeigt!« beschwichtigte die 1. Geige.
»Du willst diesen Schuft noch in Schutz nehmen?« fragte die 2. Geige.
»Überhaupt nicht, verdonnern wir diesen wachsweichen Yankee!«
»Wir wollen nach San Diego zum Konzert, und dieser Latsche entführt uns aufs offene Meer. Da bleibt einem ja das Kolophonium weg!« sagte Frascolin kopfschüttelnd.

»Jetzt weiß ich auch, warum es auf dieser Insel keine Polizei gibt, schlaue Burschen!! Diesen Gauner hätte ich gleich übergeben!« schimpfte Zorn.
Über den Musikern flatterte die Flagge der Propellerinsel. Zorn hatte nicht übel Lust, die Leine durchzuschneiden und die Insel im Handstreich zu nehmen. Aber seine Freunde konnten ihn von diesem Piratenstreich gerade noch abbringen.
»Bleiben *wir* wenigstens korrekt«, empfahl Frascolin.
»Gibst du dich schon geschlagen?«
»Nein, aber komplizieren wir die Lage nicht noch mehr.«
»Ich darf gar nicht daran denken: unser Gepäck fährt nach San Diego!«
»Und das für morgen angesetzte Konzert!!« brüllte Zorn.
»Wir müssen unsere Lage durchtelephonieren!«
Vom Wartturm ertönte ein Glockenspiel.
»D-Dur«, konstatierte Yvernes trocken.
»$^{3}/_{4}$ Takt«, fügte Pinchinat hinzu.
Es schlug 17 Uhr.
»Wann essen wir, wann schlafen wir?« schimpfte Zorn. »Sollen wir hier oben übernachten?«
Der Fahrstuhl war unten. Die Musiker betrachteten von oben das geschäftige Treiben der Stadt. Mädchen und Jungen flanierten auf den fahrbaren Gehwegen, Kinder tummelten sich auf den Rasenplätzen, Männer und Frauen saßen auf den Bänken oder in den weichen Sesseln der Tramwagen.
Pinchinat und Frascolin riefen hinab. Manche Leute streckten die Arme in die Höhe, einzelne Worte schallten undeutlich herauf. Aber niemand schien sich über die 4 Musiker auf der oberen Plattform zu wundern. Das einzige, was sie verstanden, war immer wieder *how do you do!*
»Ob man uns verhungern läßt?«
»Vorher werden wir aber noch ein Heidenspektakel ablaufen lassen!«
Da hörten sie den Fahrstuhl nach oben fahren. Sie bereiteten sich schon auf Calistus Munbar vor, aber der Fahrstuhl war leer.
»Du entgehst uns nicht, du Würstchen, du Geldgurke!!« zeterte Zorn.
Binnen einer Minute waren die Musiker unten im Turm.
Die Tür öffnete sich, sie traten hinaus. Der Hof war menschenleer. Sie schritten hinüber und gingen die Allee hinunter.

»Die Leute sehen wirklich aus wie Milliardäre, vielleicht haben auch sie einen kleinen Propeller im Arsch!«

»Ich hab Hunger!« stöhnten sie dann alle gleichzeitig. Plötzlich blieb Frascolin etwa in der Mitte der 1. Avenue vor einem auffälligen Gebäude stehen und las das in goldenen Buchstaben gesetzte Wort »Casino« laut vor. Links und rechts vom Haupteingang standen Säulen, durch die mit Arabesken verzierten Spiegelscheiben waren im Restaurant mehrere Tische zu erkennen, an denen bereits gegessen wurde.

»Hier sind wir richtig!« rief die 2. Geige.

»Gehen wir rein!« antwortete Pinchinat.

Sie betraten das Restaurant, setzten sich an einen der Tische und ließen eine von Pinchinat zusammengestellte Speisenfolge auftragen.

Die Küche war vortrefflich, sie konnte es mit jedem der besten Hotels in New York oder San Franzisko aufnehmen. Auf eine Austernsuppe, auf Frikassés, Sellerie und den obligatorischen Rhabarberkuchen folgten wundervoll frische Fische, Rumpsteaks, Wild, alles zart und herrlich duftend, Gemüse, dazu verschiedene Biere und Weine, wertvolle Tropfen von Burgund, Bordeaux und vom Rhein.

Langsam beruhigten sich die 4 Musiker wieder. Kein Wunder, bei so einem lukullischen Mahl!

Nach dem Essen brachte der Oberkellner die Rechnung. Frascolin schaute auf den Endbetrag und erbleichte.

»Was fehlt dir denn?« fragte Yvernes.

»Ich habe gerade in die Abgründe der Mathematik geschaut!«

»Ist es hier teuer?«

»Teuer ist gar kein Ausdruck! Der Spaß kostet 200 Franc!«

»Für alle 4?«

»Denkste, für jeden von uns.«

»Au, au«, brummte Pinchinat.

»Diese Halsabschneider!« schimpfte Sebastian Zorn.

»Machen wir keinen Ärger. Frankreich blickt auf uns herab. Bezahlen wir eben.«

»Aber dann ab nach San Diego, so schnell wie möglich.«

»Übermorgen können wir uns nicht einmal mehr ein Butterbrot leisten, wenn das so weitergeht.«

Frascolin winkte den Oberkellner zum Bezahlen herbei, zog verärgert ein Bündel Dollars heraus und wollte bezahlen, als eine Stimme hinter ihnen sagte: »Diese Herren sind nichts schuldig!«

Es war Calistus Munbar höchstpersönlich. Er lächelte.
»Sie!?« fuhr Sebastian Zorn auf, den wieder die Lust ankam, den Amerikaner zu würgen.
»Beruhigen Sie sich, lieber Zorn«, sagte der. »Wollen Sie mir alle in den Salon folgen, dort ist der Kaffee aufgetragen.«
»Ich mache Pasticcio aus Ihnen«, sagte Zorn.
»Aber, aber, Sie werden mir noch die Hände küssen.«
Über Zorns Gesicht zogen alle Farben des Spektrums. Calistus Munbar bat seine Gäste, es sich in den weichen Sesseln und auf den tiefen Sofas bequem zu machen.
»Darf ich mich nun vorstellen«, sagte Calistus Munbar. »Mein Name ist Ihnen ja bereits geläufig. Ich bin aus New York, 50 Jahre alt, Urenkel des berühmten Barnum, zur Zeit Oberintendant der Künste auf Standard-Island, verantwortlich für alles, was die Malerei, Musik, die Skulptur und andere Unterhaltungen angeht...«
»Sind Sie nicht auch ein Gauner, der andere Leute in die Falle lockt?« empörte sich Zorn.
»Darüber nachher«, wehrte Calistus Munbar ab. »Meine Herren, wir haben hier noch kein Theater. Unsere Leute hören und sehen Musik und Schauspiele über vervollkommnete Apparate!«
»Zum Teufel mit Ihren Phonographen!« warf Yvernes verächtlich ein.
»Mehr als einmal haben wir Ihrer Musik gelauscht, wenn Sie in Philadelphia oder Boston spielten.«
Und jetzt schwelgte Calistus Munbar, er lobte die technische Vollkommenheit des Quartetts, er rühmte Saint-Saëns, Ambroise Thomas, Reyer, schwärmte von Beethoven, Berlioz, Gounod, Verdi, Massenet, Meyerbeer, Rossini, Halévy und Mozart. In einer Atempause mischte sich Pinchinat ein.
»Alles schön und gut. Ihre Milliard-City kennt aber nur Schachtelmusik, Musikkonserven, tote Töne!«
»Sie müßten sich einmal mit den Agenturen Amerikas und Europas in Verbindung setzen...«
»Ist das möglich?« rief der Oberintendant und rüttelte an seinem Schaukelstuhl. »Am Geld soll es nicht liegen. Nach dem System J. Harfords, meine Herren, haben die hiesigen Milliardäre in der Musik und durch die Musik schon beträchtliche Fortschritte erzielt. Die Musik übt nämlich eine Reflexwirkung auf die Nervenzentren aus, ihre harmonischen Vibra-

tionen erweitern die Arteriengefäße und beeinflussen den Blutkreislauf, den man so je nach Bedarf steigern oder senken kann. Sie regen das Herz an und die Atmung, sie unterstützen die Ernährung der Gewebe.«

Die 4 Musiker hörten mit offenen Mündern zu. Das hatten sie nicht für möglich gehalten. Musik und Medizin hatten für sie bisher nur den Anfangsbuchstaben gemein.

Yvernes nahm das Stichwort sofort auf.

»Das leuchtet mir ein! Wagner und Berlioz sind für die anämischen Temperamente . . .«

». . . und Mendelssohn oder Mozart für Sanguiniker!«

»Schluß mit dem transzendentalen Schnickschnack«, sagte Sebastian Zorn, »sagen Sie uns endlich, warum Sie uns hierhergebracht haben.«

»Ganz einfach: die Streichinstrumente haben die beste Wirkung!«

»Wir sollen hier Nerven beruhigen und Kreisläufe in Ordnung bringen?«

»Ja.«

»Wir sind doch keine lyrischen Apotheker!!«

»Oh nein, ich verehre Sie als große Künstler. Ihr Ruf ist bis zu uns auf die Insel gedrungen. Da glaubten wir, unsere Apparate endlich einmal durch Musiker aus Fleisch und Blut ersetzen zu müssen und den Milliardären ein weltberühmtes Streichquartett lebendig vorzuführen. Wir wollen mit der Kammermusik beginnen und erst später zur Oper übergehen. Dabei dachten wir an Sie, die hervorragenden Musiker des Konzert-Quartetts. Man gab mir den Auftrag, Sie um jeden Preis hierherzubringen, ja: im Notfall auch zu entführen. Sie sind also die ersten Künstler, die in Standard-Island auftreten werden. Ich überlasse es Ihnen, sich den Empfang und die Ovationen des hiesigen Publikums auszumalen.«

Yvernes und Pinchinat fühlten sich hochgeehrt. Frascolin fragte sich, ob das Angebot ernst gemeint sei. Sebastian Zorn aber blieb dabei, das Konzert in San Diego nicht zu versäumen.

»Was Sie taten, ist kriminell, merken Sie sich das! Wir werden gegen Sie klagen!«

»Sie sollten sich lieber bedanken!«

»Und wir werden Schadenersatz verlangen!«

»Wir werden Ihnen hundertmal mehr bieten, als Sie sich jetzt vorstellen können.«

Calistus Munbar zog seine Brieftasche und legte den Musikern ein Blatt Papier mit dem Stempel von Standard-Island vor.
»Ihre Unterschrift unter diesen Vertrag, und die Sache ist geregelt.«
»Dürfen wir das Papier auch lesen?« fragte Frascolin ironisch.
»Sie werden es nicht bereuen. Das ist ein Engagement für ein ganzes Jahr, von heute ab gerechnet; sie verpflichten sich zur Aufführung Ihres gesamten Repertoires. In 12 Monaten wird Standard-Island wieder zurück sein und in der Magdalenenbay anlegen.«
»Also genau 1 Jahr Verspätung für unser Konzert in San Diego??«
»Man wird Sie stürmisch empfangen!«
Frascolin studierte den Vertrag.
»Welche Garantien bieten Sie uns?«
»Die Garantien der Standard-Island Company, bestätigt durch die Unterschrift unseres Gouverneurs, Herrn Cyrus Bikerstaff.«
»Und das hier sind die Bedingungen?«
»Jawohl, 1 000 000 Franc!«
»Für das ganze Ensemble?«
»Für jeden von Ihnen!«
Zorn wollte sich der lukrativen Piraterie noch immer nicht beugen.
»Und Sie können das Honorar bezahlen?« fragte Frascolin.
»Wir zahlen vierteljährlich, und hier bringe ich Ihnen das Honorar für die ersten 3 Monate.«
Er händigte den Musikern je ein Bündel Banknoten aus.
»Während Ihres hiesigen Aufenthaltes sind Sie unsere Gäste, alle Unkosten gehen auf unsere Rechnung.«
Frascolin, Pinchinat und Yvernes unterschrieben ohne Zögern. Nur Sebastian Zorn brummte, daß das ganze ein Unsinn sei, daß man schon sehen werde, wie die Geschichte ende usw. Schließlich aber setzte auch er seinen Krakel unter das Papier. Es folgten 4 Handschläge, jeder kostete 1 Million.

7

Standard-Island glitt ruhig über die Wasser des Stillen Ozeans, der zu dieser Jahreszeit seinem Namen alle Ehre machte. Seit 24 Stunden an diese Fahrt gewöhnt, merkten die Musiker nicht, daß sie sich fortbewegten. Die gewaltigen, 10 000 000 PS starken Schrauben im Inselbauch waren an der Oberfläche kaum zu hören. Milliard-City blieb auch bei Seegang vollständig ruhig, die Häuser in New York, Paris oder London standen auch nicht fester.

Das Exklusivkomitee von Standard-Island hatte die Reiseroute festgelegt. Demnach sollte die Propellerinsel die wichtigsten Inselgruppen im östlichen Teil des Stillen Ozeans anlaufen. Augenblicklich steuerte sie nach Westen auf die Sandwichinseln zu. Die Strecke von 5400 km hoffte man bei normaler Geschwindigkeit in einem Monat zurücklegen zu können.

Am Morgen dieses denkwürdigen Tages verließ das Streichquartett das Excelsior-Hotel, um sich in seinen Zimmern im Casino-Bau häuslich einzurichten. Jeder der Musiker besaß ein komfortabel eingerichtetes, geräumiges Zimmer, außerdem gehörte allen zusammen noch ein Salon. Von der Wohnung schaute man direkt auf die 1. Avenue, die Hauptstraße, hinunter, Im Hof, an dessen Seiten das Museum von Standard-Island und der Konzertsaal lagen, konnte man sich unter einigen Bäumen und bei einem plätschernden Springbrunnen ausruhen und abkühlen.

Im Restaurant konnten sie so oft und so reichlich essen, wie sie wollten. Kein Oberkellner verärgerte sie nach dem Dessert mit einer Mammutrechnung.

Bevor sie zum Frühstück hinunterschritten, fragte Pinchinat seine Musikerfreunde:

»Nun, ihr Geigen, was sagt ihr zu diesem Abenteuer?«

»Ein teurer Traum, der uns 4 000 000 Moneten einbringt«, antwortete Yvernes vergnügt.

»Greift nur in die Tasche! Der Traum ist bereits zu 1/4 Wirklichkeit!« sagte Frascolin und raschelte mit den Banknoten der ersten Anzahlung.

»Wenn ich nur wüßte, wie die Sache weiterläuft; ich habe kein gutes Gefühl dabei«, knurrte Sebastian Zorn und bemühte sich, in der Antilopen-Bouillon ein Haar zu finden.

»Wieviel rauchen Sie eigentlich so am Tag?«
»Fragen Sie mich bitte etwas Leichteres!«

»Da fällt mir unser Gepäck ein, auweia ...«

Wegen dieser Angelegenheit brauchten sich die Herren aber nicht lange zu beunruhigen, denn Calistus Munbar ließ sie völlig neu und ziemlich kostspielig einkleiden. Überhaupt war dieser Oberintendant eine Seele von Mensch. Jeden Wunsch las er ihnen von den Augen ab. Er wohnte ebenfalls im Casino, dessen einzelne Abteilungen ihm unterstanden. Für seine Dienste wurde er selbstverständlich bestens honoriert. Aus Rücksicht auf ältere Leser sei die Summe nicht genannt.

Das Casino hatte neben Lese- und Spielsälen (Baccarat, Trente et quarante, Roulette, Poker und andere Glücksspiele waren jedoch strengstens untersagt) auch ein hypermodernes Rauchetablissement. Und das war nun wirklich ein Gag!! Der Rauch wurde in gewaltigen Brennöfen nikotinfrei erzeugt und durch ein kompliziertes Röhrensystem in den Salon gepumpt. Man brauchte also nur den Mund aufzutun und den Rauch über ein Bernsteinmundstück zu inhalieren. Ein Zählwerk registrierte den täglichen Verbrauch.

Was im Museum von Standard-Island hing, mußte jeden Museumsdirektor der Alten oder Neuen Welt erblassen lassen. Werke von Raffael, da Vinci, Giorgione, Correggio, Dominiquin, Ribeira, Murillo, Ruysdael, Rübezahl, Rembrandt, Rubens, Cuyp, Frans Hals, Hobbema, Adrema, van Dyck, Holbein etc., von den Modernen Fragonard, Ingres, Delacroix, Cabat, Scheffer, Delaroche, Regnaut, Couture, Meissonier, Millet, Rousseau, Dupré, Brascassat, Makart, Turner, Troyon, Corot, Daubigny, Carotte, Baudry, Bonnat, Duran, Lefvebre, Volton, Watussi, Breton, Binet, Yon, Cabanel etc. Die Gemälde hingen in luftleeren Behältern, damit ihre Qualität nicht beeinträchtigt wurde. Anzumerken wäre, daß Impressionisten und Futuristen fehlten, was sich wahrscheinlich bald änderte, denn kein Museum entgeht den Hervorbringungen der langsam verfallenden Kunst. Im Hof des Museums reihten sich Skulpturen der besten Steinschneider und Kunstmetzen. Da es extreme Klimawechsel nicht gab, konnten sie ohne Befürchtung der Witterung ausgesetzt werden. Auf der Steuerbordseite wohnten mehr Kunstliebhaber als auf der Backbordseite, aber der Unterschied war doch vergleichsweise gering. An der Kunst schien vor allem der Preis zu interessieren. Je nun!

Die Lesesäle waren am meisten besucht. Hier lagen alle maßgeblichen europäischen und amerikanischen Zeitschriften und Journale aus. Ein mit 25 000 Dollar bezahlter Bibliothekar hielt die Räume in Ordnung. Die Bibliothek enthielt auch einige phonographische Bücher, d. h. wenn man beispielsweise Racines »Phädra« lesen wollte, brauchte man nur auf einen Knopf zu drücken und hörte die Stimme eines geübten Vorlesers. Es gab auch örtliche Zeitungen, die auf der Propellerinsel unter Aufsicht zweier Chefredakteure gedruckt wurden: für Steuerbord »Starboard-Chronicle«, für Backbord »New-Herald«. Die Illustrierten waren auf Kuchenteig mit Schokoladenfarbe gedruckt. Hatte man sie ausgelesen, verzehrte man sie zum Frühstück.
»Also im wahrsten Wortsinne eine leichtverdauliche Lektüre«, lachte Yvernes.
»Und nahrhafte Literatur!«
»Man kann die Zeitungen also verschlingen, ohne sich die Zähne auszubeißen!«
Aber wie wird dieser ungeheure Luxus eigentlich finanziert? Die Musiker wandten sich mit dieser Frage an Munbar.
»Richtige Geschäfte betreibt man hier nicht. Wir haben keinen Board of Trade, keine Börse, keine Industrie, und Handel nur insoweit, wie er für die Insel unentbehrlich ist. Einen Weltmarkt à la Chikago 1893, eine Weltausstellung wie die von Paris 1900 haben wir nicht zu bieten. Die Religion des großen Geschäftes existiert hier nicht! Die Unterhaltungskosten von Standard-Island decken die Zollgebühren.«
»Und die betragen?«
»20 000 000 Dollar!«
»100 000 000 Franc, und das für eine Stadt mit nur 10 000 Einwohnern«, rief Frascolin aus.
»Wir haben nur die Zölle, die in den beiden Häfen erhoben werden, das erklärt auch den hohen Preis aller Konsumartikel. Aber jeder kann sich dieses idiotisch teure Leben ja leisten!«
Calistus Munbar redete sich wieder warm. Die Musiker erfuhren Einzelheiten. Lehrer wurden wie Minister bezahlt, man lehrte tote und lebende Sprachen, Geschichte, Geographie, Physik und Mathematik, alles besser als an den anderen Universitäten, wenn man Munbar glauben durfte. Aber der Unterricht war schlecht besucht. Besuch ist selten, sagte er. Manchmal reisen die Bewohner ins Ausland und holen sich dort ei-

nen deftigen Schnupfen, weil sie das Wetter nicht gewöhnt sind. England stand der Erfindung von Standard-Island skeptisch, ja verärgert gegenüber, nach seiner Ansicht irritierte es den freien Schiffsverkehr. Deutsche Besucher waren hier nicht gern gesehen, man fürchtete ihre rohe Art. Am liebsten empfing man Franzosen!

»Wir sind wohl nicht reich genug, um uns hier den Lebensabend zu verschönen«, sagte Frascolin.

»Wohnt denn ein Franzose hier?« fragte Yvernes.

»Ja. Einer.«

»Und wie heißt dieser Glückliche?«

»Athanase Dorémus.«

»Und was macht er hier?«

»Er ist Tanz- und Anstandslehrer. Er hat ein hohes Einkommen.«

»Das kann ja auch nur ein Franzose«, sagte Pinchinat.

Im Lauf der nächsten 14 Tage wurde es zweimal stürmisch. Die Wogen schlugen krachend und schäumend gegen den metallenen Inselrumpf. Doch Standard-Island lag auf den Wogen wie ein Brett und rührte sich nicht. Hier hatte der Mensch einen Sieg über die Natur errungen.

14 Tage später, am 11. Juni, fand der erste Kammermusikabend auf der Insel statt. Mit großen Leuchtschrifttafeln war das Ereignis überall angekündigt worden. Die Musiker wurden zuvor vom Gouverneur Cyrus Bikerstaff empfangen. Die Journale berichteten von den Erfolgen des Quartetts, man beglückwünschte den Oberintendanten zu seinem guten Fang. Alles war freudig und außerordentlich erregt. Endlich konnte man diesen weltberühmten Musikern beim Musizieren auch zusehen!

Die Konzerte des Konzert-Quartetts waren natürlich nicht gebührenfrei. Auf allen Plätzen betrug der Eintrittspreis 200 Dollar. Die 100 Karten, mehr Leute faßte der Raum leider nicht, waren sofort ausverkauft. Die Steuerbordbewohner gingen ins Konzert, um Musik zu hören, die Backbordbewohner gingen hin, um gesehen zu werden!

»Fangen wir an«, sagte Zorn hinter der Bühne zu seinen Freunden. »Fangen wir an!«

Sie betraten den Saal, nicht im geringsten aufgeregt, ohne Lampenfieber, in Fräcken, die ihnen die Stadtverwaltung überlassen hatte. Es gab Ovationen, die kein Ende nehmen wollten.

Die Musiker zeigten sich nach dem Konzert auf der Terrasse und nahmen den Beifall zu sich.

Das Programm sah folgendermaßen aus:

1. Quartett in e-Moll, op. 12 von Mendelssohn
2. Quartett in F-Dur, op. 16 von Haydn
10. Quartett in e-Moll, op. 74 von Beethoven
5. Quartett in A-Dur, op. 10 von Mozart

Die Künstler übertrafen sich selbst, sie übertrafen aber auch die kühnsten Erwartungen des Milliarden-Publikums der Insel. Das Publikum geriet aus dem Häuschen, es jubelte und klatschte, und Calistus Munbar jauchzte vor Vergnügen! Er sah aus, als hätte er den Abend allein bestritten.

Vor dem Saal drängten sich die Leute, die keine Karten mehr bekommen hatten. Auch sie fielen in einen Begeisterungstaumel. Zorn, Yvernes, Frascolin und Pinchinat zeigten sich nach dem Konzert auf der Terrasse des linken Pavillons und nahmen den Beifall entgegen. Die 1. Avenue war ein Lichtermeer.

Dem Kasino gegenüber, auf dem Gehsteig, standen 2 Personen, ein Mann und eine Frau, die Yvernes sofort auffielen. Der Mann mochte etwa 50 Jahre alt sein, die Frau jünger.

»Wer sind sie?« fragte er Calistus Munbar.

»Oh, diese Leute? Das sind überspannte Musiknarren«, sagte der verächtlich.

»Warum waren sie denn nicht im Kasino?«

»Sie können wahrscheinlich den Kartenpreis nicht bezahlen.«

»Schade.«

»Ihre Rente beträgt kaum 200 000 Franc.«

»O je! Und wer sind sie?«

»Der König und die Königin von Malecarlien.«

8

Standard-Island wurde von einer maritimen und einer städtischen Behörde verwaltet. Kommodore Ethel Simcoe war sozusagen Direktor zur See, 50 Jahre alt, Kapitän der amerikanischen Flotte, ein erfahrener Seemann, der die Weltmeere und deren Gefahren kannte. Gouverneur Cyrus Bikerstaff, Chef der städtischen Verwaltung, war fast 60 Jahre alt, aus Maine gebürtig, unverheiratet, ein etwas kühler Charakter mit ruhigem Äußeren, der sehr englisch wirkte. Mit seinem Ver-

dienst konnte er den Multis der Insel nicht das Wasser reichen. Er war auch der Bürgermeister der Hauptstadt. Am Ende der 1. Avenue, gegenüber dem Observatorium, lagen in einem gewöhnlichen Stadthaus seine Amtsräume. Es war zuständig für Eheschließungen, Scheidungen, Geburten und Todesfälle.
Das Streichquartett wurde dem Gouverneur und Bürgermeister vorgestellt.
»Meine Herren«, begann Bikerstaff, »wir betrachten es als eine hohe Ehre, Sie hier zu haben. Vielleicht ist der Oberintendant nicht nach der feinen altenglischen Art vorgegangen, als er Sie engagierte, aber sicher haben Sie dafür Verständnis.«
Sebastian Zorn trat von einem Bein auf das andere.
»Ich hoffe, Sie werden es schnell vergessen. Jedenfalls werden wir alles tun, was in unserer Macht steht, daß Sie sich hier wohl fühlen. Wir erwarten von Ihnen 2 Konzerte monatlich und gewähren Ihnen ansonsten völlige Freiheit. Seien Sie herzlich begrüßt, wir werden es niemals vergessen, daß Sie die ersten Musiker hier auf der Insel sind!« Das Streichquartett dankte höflich. Mit Calistus Munbar wieder allein, rühmten die Quartetter die freundliche Art des Gouverneurs.
»Ach ja, ein liebenswürdiger Mann, unser Bikerstaff, nur schade, daß er nicht 2 000 000 besitzt.«
»Nobody is perfect!« sagte Pinchinat.
Von den 2 Assistenten Bikerstaffs war der eine, Barthelemy Ruge, Protestant, der andere, Hubley Harcourt, Katholik. Die Fahrt nach Westen ging weiter. Ein 4faches Zifferblatt an den Seiten des Stadtturms zeigte die augenblickliche Lage nach geographischer Länge und Breite genau an, sie wurde telegraphisch an die Hotels, öffentlichen Gebäude und Privatwohnungen übermittelt. Auch die Uhrzeit, die sich täglich änderte, wurde durchgegeben.
Abgesehen von diesen Dingen, die über die Fortbewegung der Insel Aufschluß gaben, unterschied sich Milliard-City in nichts von den Großstädten der Alten und Neuen Welt.
Nach beendeten Proben schauten sich die Musiker in der Stadt und der Umgebung um. Die Tramwagen brachten sie überallhin. Zorn weigerte sich, diese Wunder anzuerkennen, Frascolin schwieg sich darüber aus, Yvernes war voller Bewunderung.
»Am Ende des 20. Jahrhunderts wird es von solchen Inseln nur so wimmeln. So stelle ich mir den Komfort der Zukunft vor!«

Auch Pinchinat war wie berauscht. Er spottete gern und sagte häufig zu Frascolin:

»Was? Du hast keine 50 000 Francs eingesteckt? Aber so was!«

Ihn freute die Tatsache, daß man hier mit dem Geld wirtschaften konnte, wie man wollte.

Mit der Zeit knüpften die Musiker auch die ersten Bekanntschaften.

Der erste Besuch galt ihrem Landsmann Dorémus, dem Tanzlehrer. Er wohnte in der Steuerbordstadt in einer bescheidenen, 3000 Dollar Miete kostenden Wohnung der 25. Avenue. Als Dienstmädchen fungierte für 100 Dollar monatlich eine alte Negerin. Ein Greis von reichlich 70 Jahren trat ihnen entgegen, hager, klein, mit lebhaften Augen, schönen Zähnen, üppigem Haar, genauso schlohweiß wie der Bart. Er bewegte sich geziert und rhythmisch. Seine Grazie wurde nur noch von seiner Geschwätzigkeit überboten.

»Hallo, Landsleute, das ist ja ein Vergnügen, wieder einmal Franzosen zu sehen!«

Diesen Satz wiederholte er mindestens zwanzigmal.

»Schön, daß Sie sich hier auf der Insel niedergelassen haben. Sie werden es nicht bereuen! Ich könnte nirgendwo anders mehr leben.«

»Wie lange sind Sie schon hier?« fragte Yvernes.

»Seit 18 Monaten«, antwortete der Tanzlehrer und änderte die Position. »Ich war bei der Gründung von Standard-Island dabei. Auf Grund guter Empfehlungen aus New Orleans engagierte mich Herr Cyrus Bikerstaff. Seitdem lebe ich hier ...«

»... als Millionär!« ergänzte Pinchinat.

»Aber was heißt das hier!«

»Ja, wir sind inzwischen informiert! Aber nach dem, was wir vom Oberintendanten gehört haben, ist Ihre Tanzakademie nicht gut besucht.«

»Ich habe nur Schüler aus der Stadt. Die jungen Amerikaner glauben, mit der nötigen Grazie auf die Welt gekommen zu sein! Aber ich gebe ja auch Privatstunden, um ihnen französische Manieren beizubringen.«

Anschließend erzählten ihm die Musiker ihr Abenteuer mit Calistus Munbar.

»Wundert mich nicht«, sagte Dorémus gelassen, »solche Sachen liebt er. Er hat schon ganz andere Dinger gedreht. Der wird

die Insel noch in Verlegenheit bringen. Er könnte ein bißchen Anstandsunterricht vertragen. Würde ihm nichts schaden! Er gehört zu der Sorte Yankee, die sich in einen Sessel fläzen und die Beine aufs Fensterbrett stemmen.«
Positionsveränderung!
»Er ist nicht bösartig, aber er glaubt sich alles erlauben zu können. Sie brauchen ihm deshalb keins auszuwischen! Daß das Konzert in San Diego nicht stattfinden konnte, darüber werden Sie sich noch sehr freuen. Man wird hier auf Sie Rücksichten nehmen, die ein Franzose zu schätzen weiß!«
»Besonders am Ende jedes Vierteljahres«, sagte Frascolin schmunzelnd, dem seine Funktion als Kassierer der Truppe immer besser gefiel.
Auf Fragen über die Rivalität der beiden Stadthälften antwortete Dorémus ganz im Sinne Calistus Munbars.
»Das kann noch unangenehm werden. Die Eifersucht der Familien Tankerdon und Coverley nimmt offenbar zu, und das wird zu Streitereien führen.«
»Na ja, die Insel wird deshalb nicht platzen!«
»Nein, die verträgt einiges! Seit 18 Monaten gab es hier nur unbedeutende Reparaturen, nur Kleinigkeiten, derentwegen man nicht in die Magdalenenbucht einlaufen mußte. Vergessen Sie nicht, sie besteht aus Stahlplatten!«
»Auf welches Metall der Erde soll man sich denn verlassen, wenn nicht auf Stahl?! Unsere Erde ist ja schließlich nichts anderes als eine gigantische Kohle-Eisen-Verbindung.«
»Ist Cyrus Bikerstaff auch aus Stahl?« fragte Pinchinat.
»Ich glaube schon. Er ist energisch! Ein höchst gewandter Verwalter! Aber das genügt in Milliard-City ja leider nicht, man muß ...«
»... hier wahrscheinlich aus Gold sein!« ergänzte Yvernes.
»Richtig, sonst zählt man nicht.«
Auf der Propellerinsel zählte nur, wer immense Reichtümer besaß. Cyrus Bikerstaff galt lediglich als Beamter der Company. Er führte den Vorsitz verschiedener städtischer Ämter, war beauftragt, den Zoll zu kassieren, die öffentliche Wohlfahrt zu überwachen, die Straßen zu säubern und die Parkanlagen pflegen zu lassen, und sich Feinde zuzuziehen. Auf Standard-Island mußte man zählen, und Cyrus Bikerstaff zählte nicht. Er mußte geschickt zwischen beiden Stadthälften vermitteln, durfte die eine der anderen nicht vorziehen etc.

Eine nicht ganz leichte Aufgabe!

Die Propellerinsel fuhr ohne Unterbrechung weiter westwärts. Ohne die Milderung durch die kühlen Seewinde wären die Milliardäre im tropischen Klima gebraten worden.

Zum Glück waren die Nächte kühl. Auch die Rasenanlagen behielten ihr sattes Grün, weil sie ja von künstlichen Regenschauern begossen wurden.

Am 17. Juni befand sich Standard-Island unter 155° westlicher Länge und 27° nördlicher Breite, und näherte sich dem Wendekreis.

»Wir werden ja sehen, wie die Sache endet!« brummte Sebastian Zorn immer wieder.

Jeden Tag unternahm das Streichquartett einen Spaziergang durch die Parkanlagen. Zu dieser Stunde gaben sich die Reichen zu Pferd, zu Wagen oder zu Fuß ein buntes Stelldichein. Die Damen zeigten ihre Toilette aus indischer Seide oder aus künstlicher Baumwolle.

»Wir werden es noch erleben, daß die Damen von Welt Kleider aus Efeuholz, und wenn sie trauern, Kleider aus Trauerweide anhaben«, rief Pinchinat.

»Vorausgesetzt, der Plunder kommt aus Paris!«

»Hat doch neulich der Schneiderkönig von Paris den Satz aufgestellt: ›Die Frau ist weiter nichts als eine Frage der Form!‹«

»Mit so einer Bemerkung kann man heutzutage an der Sorbonne promovieren!«

Manchmal begegneten die Musiker auch dem König und der Königin von Malecarlien. Das seiner Souveränität beraubte Paar flößte ihnen Mitleid ein. Sie waren zwar nicht sehr wohlhabend, aber nie verleugneten sie ihren Stolz, ihre angeborene Würde. Wahrscheinlich fühlten sich die Amerikaner doch ein wenig geschmeichelt, einen König und eine Königin an Bord zu haben, auch wenn die Erlauchten finanziell nicht mitreden konnten!

Am Abend des 25. Juni überquerte Standard-Island den Wendekreis des Krebses an der Tropenzone im Stillen Ozean.

Am selben Abend gab das Konzert-Quartett seinen 2. Kammermusikabend. Die Eintrittspreise waren erhöht worden, aber dennoch erwies sich der Casinosaal auch dieses Mal als viel zu klein. Die Musikbegeisterten stritten lange um die vorhandenen Plätze. Offenbar mußte die Kammermusik der Gesundheit außerordentlich zuträglich sein!

Also schrubbte Sebastian Zorn mit seinen Mannen ein Patentrezept aus Beethoven, Haydn und Mozart herunter.
Wieder gab es nach dem Konzert Ovationen. Aber die Musiker hatten doch das Gefühl, daß es in ihrer Heimat noch mehr Jubelpariser gegeben hatte.
»Was kann man denn mehr verlangen, wenn man den Wendekreis überquert!« sagte Yvernes lächelnd.
Beim Verlassen des Casinos sahen sie wieder das königliche Paar von Malecarlien vor der Eingangstür stehen.

9

Diesen Teil des Stillen Ozeans durchzieht von Westnordwest nach Ostsüdost eine 1400 km lange unterseeische Gebirgskette. Die Meerestiefe beträgt 4000 m. Von dieser Kette ragen nur 8 Gipfel heraus: Nühau, Kaouai, Oahu, Molokai, Lanai, Maui, Kaluhani und Hawaii. Diese 8 verschieden großen Inseln bilden das Hawaiische Archipel oder die Gruppe der Sandwich-Inseln.
Sebastian Zorn war stocksauer, für feinsinnige Naturbetrachtung hatte er keine Ader. Er zog sich zurück. Pinchinat, Frascolin und Yvernes unterhielten sich über den Verlauf der Reise.
»Ich bin nicht böse, diese Inseln einmal sehen zu können. Da wir nun schon einmal über den Ozean fahren, sollten wir uns auch ein paar schöne Erinnerungen verschaffen.«
»Vielleicht sehen wir endlich einmal ein paar richtige Wilde, und nicht immer nur die albernen Sioux und Pawnies.«
»Sind die Hawaiianer noch immer Menschenfresser?«
»Wir wollen's hoffen. Ihre Großväter haben Captain Cook verzehrt, das spricht für sie!«
»Die ausgestopften Kannibalen langweilen mich langsam. Ich kann es nicht mehr erwarten, bis die ersten Höhenzüge von Hawaii auftauchen.«
Am Morgen des 6. Juli war es soweit. An der Anzeigetafel im Kasino leuchteten folgende Worte auf:

Standard-Island in Sicht der Sandwich-Inseln

Aber bis hin waren es immer noch 225 km. Kommodore Ethel Simcoe steuerte, von Nordosten kommend, auf Oahu mit der

Hauptstadt Honolulu zu. Honolulu ist gleichzeitig die Hauptstadt des ganzen Archipels.
Seit ihrem ersten Konzert hatten die Musiker viele Bekanntschaften gemacht. Sie kannten mittlerweile den Gouverneur Cyrus Bikerstaff, Kommodore Ethel Simcoe, Oberst Stewart, die Oberingenieure Watson und Somwah. Stundenlang standen sie oft auf der Plattform des Observatoriums.
Kommodore Simcoe lieh ihnen sein Fernrohr und machte sie auf einen Punkt am südwestlichen Horizont aufmerksam.
»Das ist der Mauna Loa auf Hawaii und dort der Mauna Kea, beides sehr schöne Vulkane, die die Insel 1853 und 1855 mit einem 700 km² großen Lavastrom überdeckten und deren Krater 1880 noch 700 000 000 Kubikmeter Eruptivstoffe auswarfen.«
»So etwas werden wir wohl nicht erleben?«
»Wer weiß, vielleicht arbeiten Vulkane neuerdings auf Bestellung.«
»Wäre ich so reich wie die Herren Tankerdon oder Coverley, würde ich mir Eruptionen auf eigene Kosten veranstalten.«
»Sind die Sandwich-Inseln sehr bevölkert?« fragte Pinchinat.
»Zu Anfang des Jahrhunderts waren es 200 000, jetzt nur noch die Hälfte.«
»Soviel Wilde sind auch noch genug. Wenn sie noch die alten Kannibalen sind, werden sie uns als Gabelfrühstück einnehmen.«
Die Propellerinsel lief den Hawaii-Archipel zum 2. Mal an. Voriges Jahr war sie ebenfalls hier gewesen, vor allem des milden Klimas wegen. Kranke Amerikaner reisten sehr oft hierher, um sich kurieren zu lassen. Und es wird einmal die Zeit kommen, wo auch Europäer zum Genesungsurlaub nach Honolulu fahren werden, das ja nur 25 Tagesreisen von Paris entfernt liegt.
Am Vormittag des 9. Juli zeigte sich im Südwesten Oahu. Die Propellerinsel fuhr zwischen Oahu und Molokai hindurch. Nach der Umschiffung des Südostkaps von Oahu stoppte die Propellerinsel wegen ihres großen Tiefgangs 10 Kabellängen vor dem Ufer. Sie ging dabei nicht vor Anker, sondern hielt sich unbeweglich durch ihre je nach Bedarf vor- oder rückwärts arbeitenden Maschinen.
»Großer Gott, was seh ich denn?« rief Pinchinat plötzlich.
»Was?« fragte Frascolin.

»Da unten. Kirchtürme!«
»Natürlich! Türme und Paläste!«
»Hier können sie doch unmöglich Captain Cook gefressen haben?«
»Hab's doch gewußt. Der Kommodore hat sich in der Richtung geirrt, das sind gar nicht die Sandwich-Inseln.«
Sebastian Zorn schaute wütend hinüber an Land.
Aber Ethel Simcoe hatte sich natürlich nicht geirrt. Das war Oahu, das war Honolulu!
Seit den Tagen Cooks hat sich hier vieles geändert. Die Missionare überboten sich gegenseitig, sie zivilisierten auf Kannibale komm raus. Kein Wunder, daß die Methodisten, Anglikaner und Katholiken schließlich über die Sitten der Kanaken siegten. Dabei wich auch der alte Dialekt der englischen Sprache. Heute wohnen hier Amerikaner, Chinesen und Portugiesen. Es gibt auch noch Eingeborene, aber keine Menschenfresser mehr.
»Schöne Schweinerei«, ärgerte sich Yvernes, während sie von einem Motorboot von der Insel an Land gebracht wurden.
Zwischen den Pfahldämmen liegt ein kleiner Hafen, gegen den Wind durch hohe Berge geschützt. Seit 1894 haben sich die Klippen um einen Meter gehoben, doch hat der Hafen immer noch genug Wasser, um Schiffe von 18 bis 20 Fuß Tiefgang aufzunehmen.
»Auf Reisen wird man seine Illusionen los«, klagte Pinchinat.
»Ich bin fürs Daheimbleiben!« schimpfte Sebastian Zorn.
»Quatsch! Schau dir lieber dieses herrliche Bild an. Hier die Natur, dort die Technik! Formidable!« rief Yvernes begeistert.
Mochten sich die Sitten auch verändert haben, nicht aber das so gesunde Klima. Steigt das Thermometer bei Nordwind auch ziemlich hoch, und entfesselt der Südwind hier im *Meer der Wärme* zuweilen heftige, *Kouas* genannte Stürme, so übersteigt die Mitteltemperatur Honolulus doch nur selten 21°. Und das an der absoluten Tropengrenze!
»Schon wieder hat uns Munbar in die Tinte geritten«, brummte Pinchinat, der sich erinnerte, daß der Oberintendant dieses Gebiet als eine Zufluchtsstätte wildlebender Eingeborener bezeichnet hatte.
»Ich erkenne es selbst nicht mehr«, antwortete Calistus Mun-

bar, als die Musiker sich bei ihm wegen der falschen Informationen beklagten.

»Welche Zeiten, wo sich die Kannibalen über Schweinefleisch mit künstlichen Gebissen hermachen, o je!« jammerte Yvernes.

10 Tage sollte der Aufenthalt dauern. Viele der Bewohner nutzten diese Zeit, um ausgedehnte Ausflüge nach Honolulu und Umgebung zu unternehmen. Obwohl die Propellerinsel schon einmal hier angelegt hatte, kannte die Bewunderung und Verblüffung der Sandwichianer keine Grenzen. Sie kamen aus allen Löchern, um dieses Wunder zu besichtigen. Die Polizei hatte alle Hände voll zu tun, um sie abzuhalten. Sie sah darauf, daß alle Bewohner von Standard-Island zur festgesetzten Zeit wieder an Bord gingen. An Land wie an Bord herrschten gute Beziehungen, trotzdem vermied man jeden offiziellen Empfang.

Auch das Streichquartett unternahm interessante Ausflüge. Zorn ging widerwillig mit.

Seit Standard-Island vor Oahu lag, kreisten viele Boote um die Insel. Unter jenen Booten hätte man auch eine Art malaiische Ketsch mit 2 Masten, eckigem Achterschiff und einer Besatzung von 10 Mann unter dem Befehl eines energisch aussehenden Kapitäns wahrnehmen können. Der Gouverneur schenkte diesem Boot keine Beachtung, obwohl es jeden Tag die Propellerinsel umrundete. Wie sollten auch diese 10 Mann gegen Standard-Island etwas ausrichten? Manchmal erkannte man die Ketsch auch bei Nacht auf dem Wasser.

Am Morgen des 10. Juli verließ die Propellerinsel die Insel Oahu, machte zuerst einen Schwenk und fuhr dann nach Südwesten ab. Die Fahrt ging weiter, weiter nach anderen hawaiischen Inseln. Kommodore Simcoe lancierte die Insel durch einen engen Kanal zwischen den Inseln Molokai und Kaouai. Auch die Ketsch hatte den Hafen verlassen. Niemand kümmerte sich um dieses Mini-Boot. Bei Tagesgrauen war die Ketsch nur noch ein kleiner weißer Punkt am Horizont.

Simcoe steuerte jetzt zwischen den Inseln Kaluhani und Maui hindurch. Maui, mit Lahaina zur Hauptstadt und einem von Walfischfängern viel besuchten Hafen, ist die zweitgrößte Insel dieses Archipels. Über sie erhebt sich der 3000 m hohe Haleahala, das Haus der Sonne. Die beiden nächsten Tage ging es längs der Hawaiiküste entlang, deren Berge am höchsten sind.

In der Bucht von Kealakeacua war es, wo die Eingeborenen Kapitän Cook, den sie zuerst wie einen Gott empfangen hatten, 1779 ermordeten, 1 Jahr nach der Entdeckung dieses Archipels, den er zu Ehren des berühmten britischen Ministers auf den Namen Sandwich getauft hatte.
Hilo, die auf der Ostseite liegende Hauptstadt, war nicht zu sehen, dafür aber die an der Westküste liegende Stadt Kailu.
Die Propellerinsel trieb weiter.

10

Vom 23. Juni an bewegte sich die Sonne zur Äquinoktiallinie hin; Standard-Island folgte ihr, um dem schlechten Wetter zu entgehen. Jenseits der genannten Linie herrschen auch im Oktober, November, Dezember, Januar und Februar hohe, sommerliche Temperaturen. Die Strecke zwischen Hawaii und den Marquisen beträgt 3000 km. Standard-Island schwamm Höchstgeschwindigkeit.
In diesem Meeresteil liegt Polynesien. Auf einer Fläche von 5 000 000 km² liegen 5 Inselgruppen, insgesamt etwa 120 Inseln, meist über Wasser ragende Gipfel unterseeischer Gebirgsketten, die sich von Nordwest nach Südost bis zu den Marquisen und zur Insel Pitcairn erstrecken.
Man stelle sich einmal vor, daß sich dieses ungeheure Becken entleert! Welche Landschaft würde sich da zeigen! Kein Norwegen, keine Schweiz, kein Tibet könnte sich hiermit messen. Und jetzt glitt Standard-Island über deren Gipfel wie ein Flugzeug, wie ein Ballon über den Himalaya oder über das Alpenmassiv. Doch wie in der Atmosphäre gibt es auch auf der Meeresoberfläche breite Strömungen, deren größte von Osten nach Westen geht; wenn die Sonne sich zum Wendekreis des Krebses wendet, entstehen in der Meerestiefe 2 Gegenströmungen. An den Küsten Tahitis kennt man 4 Arten von Flut, die nicht überall gleichzeitig eintritt und deshalb die Ebbe fast unbemerkbar macht.
In der Kasino-Bibliothek befand sich eine vollständige Kartensammlung über den Stillen Ozean, die Frascolin, nur er interessierte sich für derlei Details, häufig studierte. Yvernes bewunderte das Meer und die Inseln, die vorüberzogen, er

mochte sein Gehirn nicht mit geographischen Kenntnissen belasten. Pinchinat nahm alles von der heiteren Seite, Sebastian Zorn kümmerte sich um die Reise nur insoweit, als sie ihn ärgerte. Was kümmerten ihn schon die Marquisen, die Pomutu- und Gesellschaftsinseln, was die Tonga- und Samoa- und Australinseln? Was gingen ihn Nine, Tokolau, Phönix, Manahika, die Osterinseln und Sala y Gomez an? Er konnte nicht vergessen, wie man ihn und das ganze Quartett an Bord verschleppt hatte.

Frascolin studierte die Karten und Bücher, unterhielt sich häufig mit Kommodore Simcoe und beantwortete seinen Freunden jede Frage präzis und umfassend.

»Frascolin, der Larousse der Tropen«, spottete Pinchinat.

Die *Glücklichen Inseln* verdienten ihren Namen wirklich. Nur schade, daß der allgemeine Friede immer wieder durch die Eifersüchteleien und Meinungsverschiedenheiten von Steuerbord- und Backbordcity gestört wurde.

»Kann uns doch egal sein, wir halten uns aus der Sache raus, aber es wird vielleicht ganz interessant, diesen Fight mit anzusehen!«

Pinchinat rieb sich die Hände.

Jem Tankerdon war durch und durch Yankee: 60 Jahre alt, breites Gesicht mit rötlichem Bart, kurzes Haar, groß und kräftig von Statur, ähnelte er ein wenig den Trappern der Prärien, obwohl er, was die Fallen anging, nie andere gestellt hatte als die für Millionen Schweine in den Speichern von Chikago. Er brauste gern auf und protzte mit seinem Reichtum. Man gewann den Eindruck, er sei hinter noch mehr Geld her und plane deshalb mit einer Reihe anderer Bewohner seiner Bordseite die Wiederaufnahme der alten Geschäfte.

Mrs. Tankerdon war eine Frau wie alle anderen der Welt: ergebene Ehefrau, gute Mutter, sie wünschte sich viele, viele Kinder, was ja bei *dem* Privatvermögen nur ein ephemeres Problem sein konnte.

Der älteste Sohn, Walter Tankerdon, war eine elegante Erscheinung mit sympathischem Auftreten. Er kannte Europa und Amerika, spielte Polo und Golf ebenso gut wie Cricket.

Nat Coverley war aus feinerem Holz geschnitzt als sein Rivale von der Backbordseite. Ihn hatten Industriegeschäfte, Eisenbahnen und Bankgeschäfte zu dem gemacht, was er heute war. Er beabsichtigte, in Milliard-City seine Reichtümer in Ruhe zu genießen, und er machte daraus auch keinerlei Hehl. Coverley war groß und gut gewachsen, mit hübschem Äußeren, vollem grauem Haar, einem Vollbart. Im Gegensatz zu Tankerdon besaß er erstklassige Manieren, liebte die Künste, verstand etwas von Musik und Malerei, sprach fließend Französisch und kannte die amerikanische und europäische Literatur.

Mrs. Coverley, 10 Jahre jünger als ihr Mann, hatte eben die 40 überschritten, eine vornehme, elegante Erscheinung, die, was für ihr Aussehen sprach, aus einer halbkreolischen Familie des alten Louisiana stammte. Mrs. Coverley spielte ausgezeichnet Klavier. In ihrem prächtigen Haus in der 15. Avenue musizierte das Quartett häufig mit ihr.

3 Töchter waren die einzigen Erbinnen dieses Riesenvermögens. Da sie hübsch waren, fehlte es nicht an Bewerbern. Man sprach davon, daß Walter Tankerdon sich für die 20jährige Diana (Dy) Coverley interessierte. Eine delikate Situation angesichts der bestehenden Rivalität auf höchster Ebene.

»Wahrscheinlich geht vorher Standard-Island in Stücke, bevor diese Verbindung zustande kommt!«

»Wenn nicht die Liebe doch den Ausschlag gibt«, unkte Calistus Munbar.

Das Gerücht schien sich aber nicht zu bestätigen. Wenn an der Geschichte etwas dran gewesen wäre, hätten sich die beiden Partner sicher große Zurückhaltung auferlegt.

Unterdes glitt die Propellerinsel immer weiter auf dem 160. Meridian. 11 Tage später berührte sie den Äquator. Wie auf anderen Schiffen fand auch an Bord von Standard-Island eine Äquatortaufe, verbunden mit verschiedenen Gottesdiensten und einem Feuerwerk, statt.

»Diesmal sind wir dran«, sagte Frascolin.

»Die können mich gern haben!« schimpfte Zorn.

»Tja, alter Baßkratzer, auch du wirst mit einem Kübel Wasser übergossen werden, dann erscheint Neptun persönlich, um dir dein Gesicht einzuteeren«, freute sich Pinchinat.

»Da ist der aber bei mir an der falschen Adresse!!«

»Jedes Land hat seine Sitten, denen man sich eben unterwerfen muß«, sagte Yvernes.

Aber es kam dann doch anders. Statt sie mit Wasser zu übergießen, bot man den Musikern des Konzert-Quartetts Sekt an. Das Fest fand am Nachmittag des 5. Juli statt. Außer den

Zollbeamten, die ihren Posten nicht verlassen durften, hatten alle Leute Urlaub erhalten. In der Stadt und den Häfen ruhte jede Arbeit. Auch die Schrauben standen still. Nur von einer leichten Strömung wurde die Insel weitergetrieben.
Mit Gottesdiensten und Spaziergängen und Golfspielen begann der Festtag.
Im großen Saal des Kasinos wurde das Konzert-Quartett von Cyrus Bikerstaff in der erwähnten Weise getauft – mit Sekt der besten Marke! Es bedankte sich anschließend mit den besten Stücken des Repertoires: 7. Quartett E-Dur, op. 59 von Beethoven / 4. Quartett a-Moll von Mozart / 4. Quartett Des-Dur, op. 17 von Haydn / dazu noch ein herrliches Werk von Mendelssohn.
Wieder war das Publikum ganz hingerissen vom Zauber der Musik und ebenso von der bravourösen Technik und Modulation der Quartettmitglieder. Manche Stücke mußten zwei-, dreimal wiederholt werden.
Der Gouverneur überreichte ihnen eine goldene, mit Diamanten eingefaßte Medaille, die auf der einen Seite das Wappen von Milliard-City zeigte, auf der anderen in französischer Sprache die Inschrift:

Dem Konzert-Quartett gewidmet
von der Gesellschaft, den Stadtbehörden und der
Einwohnerschaft von Standard-Island.

Trotz dieser triumphalen Erfolge, trotz aller Hochschätzung, allem Luxus, den er genoß, blieb Sebastian Zorn so sauer wie eine Däuble-Gurke!
»Das dicke Ende kommt, paßt nur auf!« brummte er.
Die Astronomen hatten errechnet, daß Standard-Island genau um 22.35 Uhr die Äquatorlinie überfahren würde. In diesem Augenblick sollte von der Rammspornbatterie ein Kanonenschuß abgefeuert werden. Dafür genügte natürlich ein Knopfdruck, aber sofort gab es Streit, wer ihn auslösen sollte.
Die beiden Obermilliardäre, Jem Tankerdon und Nat Coverley, machten ihre Ansprüche geltend. Es gab zwischen der Zentralverwaltung und den beiden Stadthälften lange Debatten, die noch zu keinem Ergebnis geführt hatten. Cyrus Bikerstaff schlotterten die Hosen! Die Situation war ausgesprochen peinlich. Auch Calistus Munbar scheiterte bei seinen Interventio-

nen. Keiner der beiden Nabobs wollte auf diese Repräsentationspflicht verzichten. Es lag etwas in der Luft, das man nicht mit einer Möwe verwechseln durfte!
Nach dem Konzert begaben sich die Musiker auf den Platz, um zu sehen, wie der Streit ausging. Die beiden Milliardäre begegneten sich, 5 Schritte weiter befand sich der Knopf, der den Kanonenschuß auslöste. Sie traten aus der Menge ihrer jeweiligen Anhänger, ohne sich auch nur mit einem Kopfnikken zu begrüßen.
»Ich erwarte, daß Sie vernünftig sind!« begann Jem Tankerdon.
»Dasselbe hoffe ich von Ihnen«, erwiderte Coverley.
»Ich werde es nicht dulden, daß mir diese Ehre genommen wird.«
»Das gleiche möchte ich Ihnen sagen.«
»Wir werden ja sehen«, sagte Jem Tankerdon und machte einen kleinen Schritt nach vorne auf den Knopf zu. Auch Nat Coverley rückte einen Schritt vor.
Jetzt mischten sich die Anhänger der beiden Streithähne ein. Walter Tankerdon war natürlich bereit, für die Rechte seines alten Herrn einzutreten, doch da erblickte er Miß Coverley. Sichtlich verlegen blieb er im Hintergrund.
Cyrus Bikerstaff war in heller Aufregung! Die Sekunde der Überquerung nahte! Der Schuß mußte gezündet werden! Jeden Augenblick mußte vom Observatorium das Zeichen kommen!
»Mir kommt ein Gedanke«, sagte Pinchinat.
»Und der wäre?« fragte Yvernes.
»Ich werfe den ganzen Apparat einfach um.«
»Du wirst dich bremsen können«, mahnte Frascolin, der jede Einmischung verhindern wollte.
Plötzlich krachte ein Schuß. Keiner wußte woher! Die Menschenmenge stand in tiefem Schweigen.
Ein aus dem Steuerbordhafen einlaufendes Telegramm gab Aufschluß: ein Schiff in 4 km Entfernung hatte SOS gefunkt und geschossen!
Welch ein Zufall! Keiner dachte jetzt mehr an den Streit, der Äquator war ohnehin überquert.
Sofort leitete der Hafenkommandant die nötigen Schritte zur Bergung der in Not geratenen Schiffsbesatzung ein. Die Motorboote liefen aus und holten die Schiffbrüchigen an Bord.

Es handelte sich um die Besatzung der malaiischen Ketsch, die Standard-Island seit der Abfahrt von den Sandwich-Inseln verfolgte.

II

Am Morgen des 29. August lief der *Juwel des Stillen Ozeans* in das Marquisen-Archipel unter 7° 55 min bis 10° 30 min südlicher Breite und 141° bis 243° 6 min westlicher Länge von Paris ein. Die Sandwich-Inseln lagen 3500 km zurück. Der südliche Teil dieses Archipels war von dem Spanier Medana 1595 entdeckt worden. Den Namen »Inseln der Revolution« führt sie, weil Kapitän Marchand 1791 den nordwestlichen Teil besuchte. In Nuka-Hiva lief Cook schon 1774 ein.

Am 1. Mai 1842 nahm Konteradmiral Dupetit-Thouars den Archipel im Namen Frankreichs in Besitz. Die damalige Opposition tadelte, die Regierung lobte. Wie auch immer, Frankreich hatte jedenfalls einen Flottenstützpunkt mehr. Wenn der Panamakanal jemals vollendet werden sollte, wuchs diesen Gebieten sogar wirtschaftliche Bedeutung zu.

»Bis 1859 befand sich auf Nuka-Hiva eine Abteilung Marinesoldaten«, erklärte Simcoe, »aber sie wurden abgezogen. Jetzt verteidigen die Missionare die Trikolore.«

»Und heute?« fragte Frascolin.

»Auf Taio-Hae sitzen einige Gendarme und verschiedene eingeborene Soldaten unter dem Befehl eines Offiziers, der auch den Richter spielt.«

»Gibt es Streit?«

»Ja, zwischen Eingeborenen und Kolonisten.«

»Es gibt also Siedler auf Nuka-Hiva?«

»Etwa ein Dutzend.«

»Nicht einmal genug, um ein Orchester zu bilden.«

Inzwischen hatte Standard-Island Zuwachs bekommen. Es waren die 10 Matrosen von der Ketsch, außerdem der Kapitän, ein 40 Jahre alter Mann namens Sarol. Seine Matrosen waren kräftige Burschen aus Melanesien. Alle sprachen Englisch. Sie sind, so wenigstens sagte der Kapitän, trotz intakter Positionslampen von einem vorüberfahrenden Dampfer gerammt wor-

»In zwei Minuten können Sie mit der Magdalenenbucht telephonieren«, rief der Offizier herauf.

den, der seine Fahrt ungerührt fortsetzte. Man versorgte die Schiffbrüchigen mit dem Nötigsten.
Als die Kollision stattfand, war die Ketsch gerade auf dem Weg nach den Neuen Hebriden. Standard-Island, die nach Südosten steuerte, konnte ihren Kurs unmöglich ändern, um die Mannschaft Sarols zu ihrem Bestimmungsort zu bringen.
»Wir setzen Sie eben in Nuka-Hiva an Land«, sagte Cyrus Bikerstaff zu Kapitän Sarol.
»In Honolulu hörten wir«, sagte Sarol, »daß Standard-Island in den westlichen Teil des Stillen Ozeans segelt.«
»Stimmt, wahrscheinlich fahren wir bis zu den Fidschi-Inseln, bevor wir umkehren und nach der Magdalenenbucht zurückfahren.«
»Könnten Sie uns nicht bis dahin mitnehmen? Die Fidschi-Inseln sind englisches Besitztum, da haben wir mehr Chancen, weiterzukommen.«
»Das kann ich Ihnen nicht versprechen. Wir dürfen keine Fremden mitfahren lassen. In Nuka-Hiva werde ich mit der Direktion in der Magdalenenbucht sprechen; wenn sie zustimmt, können Sie bis zu den Fidschi-Inseln mit uns fahren.«
Am Morgen des 30. August zeigten sich die ersten Bergketten von Nuka-Hiva.
Elisée Reclus behauptet, gestützt auf zuverlässige Unterlagen, daß die ganze Inselgruppe etwa 6000 Bewohner hat. Zur Zeit Dumont d'Urvilles hatte Nuka-Hiva zwar 8000 Einwohner, aber diese Zahl stimmte heute nicht mehr. Die Eingeborenen, Tais, Happas, Taiouas, Taipis, fraßen sich zum Teil selber auf, sie starben reihenweise an Rauschmitteln, und – warum soll man es verschweigen? – sie wurden von den Eroberern beträchtlich dezimiert. Zusammen mit anderen Bewohnern von Milliard-City gingen auch die Musiker häufig an Land und unternahmen weite Ausflüge. Athanase Dorémus begleitete sie zuweilen.
Am 5. September verließ Standard-Island Taio-Hae und ließ im Osten die Insel Houa-Houna liegen. Die Fahrtgeschwindigkeit war mit Rücksicht auf die stark abfallenden Steilufer und die herumfahrenden Boote vermindert worden. Die Wasserverdrängung war so groß, daß es bei Höchstgeschwindigkeit leicht zu Überschwemmungen und Katastrophen hätte kommen können.

Kommodore Simcoe steuerte auf Hiva-Oa zu. Eine Meerenge von 5 km trennt diese Insel von Taou-Ata. Dann ging es weiter südwestwärts zum Archipel von Pomotu, dessen mittlerer Teil durchfahren werden sollte.
Die Witterung im September, das entspricht dem März auf der nördlichen Halbkugel, war ausgezeichnet. Am Morgen des 11. September befestigte eine Schaluppe das Kabel an einer der großen Bojen. Die Direktion von Standard-Island Company wurde wegen der an Bord genommenen Schiffbrüchigen konsultiert. Die Antwort lautete positiv. Die Matrosen durften an Bord bleiben. Die Propellerinsel erhielt sogar die Genehmigung, direkt die Neuen Hebriden anzulaufen, um die Schiffbrüchigen dort an Land zu setzen. Cyrus Bikerstaff teilte diese Entscheidung Sarol mit. Der dankte und bat, seinen Dank auch den Direktoren der Company zu übermitteln.

12

Das Konzert-Quartett hätte sich wirklich undankbar gezeigt, würde es Calistus Munbar nicht zu Dank verpflichtet sein, daß er sie, sei es auch mit eigenwilligen Mitteln, nach Milliard-City geholt hatte. Die 4 Musiker lebten wie die Paschas, sie konnten sich kein schöneres Leben wünschen. Eine Reise über den Stillen Ozean, ohne Entbehrungen, ohne Gefahren, dazu im gesündesten Klima der Erde! Nur der Cellist brummte weiter! Überall waren sie gern gesehene Gäste, bei den Tankerdons ebenso wie bei den Coverleys, beim Kommodore wie beim Gouverneur!
Eines Tages sagte Tanzlehrer Athanase Dorémus:
»Ich lebe nun fast 2 Jahre hier, nur schade, daß es nicht 60 Jahre sind!«
»Sie werden hier auch sterben!«
»Oh, nein!« wehrte er graziös ab.
»Wo man stirbt, ist schließlich doch egal!«
»Sterben im Paradies? Nein, das ist selbst für einen Franzosen zuviel!«
Aber dieses Paradies war bedroht. Der Streit der beiden Reichsten wurde allmählich immer beunruhigender. Wann prallten sie aufeinander? Wie konnte man diese Sache aus der Welt

schaffen? War Cyrus Bikerstaff energisch genug, notfalls Schlimmeres zu verhüten? Seit dem Knopfdruckabenteuer, ein Hornberger Apriori sozusagen, waren sie erklärte Feinde. Zwischen den beiden Stadtteilen wurde der Verkehr abgebrochen. Das verschlimmerte die Lage.
Es ging das Gerücht um, daß Tankerdon, Schweinehändler i. R. von Chikago, mit ein paar Backbordleuten ein großes Handelshaus gründen wolle, daß er bei der Company bereits um Genehmigung gebeten habe, ungeheure Anlagen zu errichten, um Schweine einführen, schlachten, pökeln und anschließend auf den Archipelen des Großen Ozeans verkaufen zu dürfen.
Ein Funke mußte genügen, um die beiden Pulverkammern zum Explodieren zu bringen. Aber was sollte dann aus dieser Wunderstadt werden? Sehr viele Bewohner würden von hier wegziehen, der Ruf dieser Milliard-City wäre zerstört.
Die Matrosen der Ketsch genossen das herrliche Leben an Bord, wenngleich sie natürlich nicht die Vergünstigungen der Musiker besaßen, sie waren mundfaul, blieben immer schön im Hintergrund und wollten offenbar keine Verbindungen anknüpfen. So war von ihrer Anwesenheit in Milliard-City recht wenig zu spüren.
Und doch! Jeder aufmerksame Beobachter hätte sehen können, wie diese Burschen unablässig die Innenstadt durchstreiften. Sie erschienen bald hier, bald dort, überall gleich aufmerksam, von geradezu teuflischer Angespanntheit.
Da die Malaiien nichts anderes zu tun hatten, als spazierenzugehen, fiel keinem der Bewohner etwas auf. Kommodore Simcoe steuerte die Propellerinsel weiter nach Süden.
Yvernes war ein schwimmender Insulaner geworden, er genoß die Reise in vollen Zügen. Auch Frascolin und Pinchinat, jeder auf seine Art, hatten nichts zu klagen. Nach wie vor gaben sie alle 14 Tage einen Kammermusikabend und freuten sich über die Begeisterung der Inselbewohner.
Aus der Presse erfuhren sie, daß ihr Verschwinden in Amerika nicht unbemerkt geblieben war. Ihr Verschwinden hatte sogar weltweites Aufsehen erregt. Eine Untersuchungskommission wurde gebildet und fand den wahren Sachverhalt heraus: die 4 Musiker waren auf die Propellerinsel verschleppt worden. Zu diplomatischen Auseinandersetzungen kam es allerdings nicht, da alle Vorwürfe inoffiziell erhoben wurden.
Die beiden Geigen und die Bratsche ließen gegenüber dem Cel-

lo keinen Ton verlauten. Sebastian Zorn wäre es nur recht gewesen, hätte es ein Debakel gegeben. Die Musiker hatten mehrmals nach Frankreich an ihre Familien geschrieben, postwendend erhielten sie Antwort. Die Postverbindung klappte vorzüglich.
Eines Morgens, es war am 17. September, empfand Frascolin einen unbändigen Hunger nach Landkarten. In der Kasino-Bibliothek entdeckte er die Karte des Pomotu-Archipels, dem sie gerade zusteuerten. Kaum hatte er den Atlas aufgeschlagen und einen Blick darauf geworfen, rief er ganz verblüfft:
»Oh, lieber Gott, wie will der Kommodore da durchkommen. Das sind ja Hunderte von Inseln. Das sieht aus wie ein Haufen Kieselsteine in einem Sumpf.«
Allein das Department Morbihan besteht aus 365 Inseln; der Pomotu-Archipel hat ungefähr doppelt so viele! Und die riesige Propellerinsel wollte hier durchfahren?! Kommodore Simcoe schreckte vor dieser Gefahr nicht zurück, er kannte diese Gewässer so genau, daß man sich auf ihn verlassen konnte.
Am Nachmittag des 19. wurden die ersten Inseln gemeldet. Sie waren auffallend niedrig, höchstens 40 m hoch. Bei Flut wurden sie sicher überspült, wenn hier die Gezeiten überhaupt merkbar waren.
Standard-Island kam von Osten an die Inselgruppe heran. Yvernes, Frascolin und Pinchinat hätten viel für einen Landgang gegeben, aber die Propellerinsel glitt unaufhörlich weiter. Sie fragten Ethel Simcoe.
»Wir halten bei den Inseln Hao, Anaa und Fakarava!« lautete die Antwort.
Am 23. September stoppte die Insel vor Hao. Die Motorboote brachten einige Einwohner an Land. Nach einem Besuch des 8 km landeinwärts gelegenen Dorfes ging die Fahrt weiter.
Am 27. September war Anaa erreicht, eine der größten Inseln des ganzen Archipels. Sie wurde 1878 durch einen Wirbelsturm völlig vernichtet. Die Metropole war deshalb nach Fakarava verlegt worden. Wieder beförderten die Boote verschiedene reiselustige Bewohner, unter ihnen auch die 4 Musiker, an Land. Sie gingen nach Tuahora, einem kleinen, von der Gewinnung von Kokosöl lebenden Dorf.
Plötzlich schrie Zorn laut auf. Ein riesiger Taschenkrebs bewegte sich auf die Musiker zu.
»So ein Teufelsbiest!«

»Wer dieses Tier Taschenkrebs getauft hat, muß bestraft werden«, verlangte Pinchinat.
Diese Birgos leben in einer Art Dachsbauten zwischen den Baumwurzeln. In der Nacht suchen sie die heruntergefallenen Kokosnüsse, klettern notfalls auch auf Bäume und werfen die Nüsse herunter.
»Diese hier muß einen Mordshunger haben, daß sie auch am Tag herauskommt«, bemerkte Pinchinat.
»Lassen wir sie ungestört arbeiten«, sagte Frascolin, »gehen wir.«
Der Aufenthalt war auf 6 Stunden bemessen. Danach ging die Fahrt nach Norden weiter. Milliard-City war wie ausgestorben, die meisten Bewohner standen an der Küste von Standard-Island oder in der Nähe der Kanone.
Am 4. Oktober hielt Standard-Island vor Fakarava. Bevor die Boote wasserten und ablegten, erschien der französische Stadtkommandant, ein alter Marineoffizier, im Steuerbordhafen. Cyrus Bikerstaff begrüßte ihn herzlich. Calistus Munbar begleitete ihn durch Milliard-City. In ihrer Eigenschaft als Franzosen schlossen sich der Tanzlehrer und die 4 Musiker diesem Gang durch die Stadt an. Alle freuten sich, wieder einmal Landsleute getroffen zu haben.
Am nächsten Tag wurde der Besuch von Cyrus Bikerstaff erwidert. Die Musiker waren wieder mit von der Partie. Und wie schlugen ihre Herzen, als sie über der Residenz des Offiziers die Trikolore flattern sahen. Danach besichtigte man gemeinsam die Stadt, eigentlich mehr eine dörfliche Ansammlung von Häusern und Hütten, und deren wilde Umgebung. Die Haupteinnahmequelle der Bevölkerung besteht in der Gewinnung von Kokosöl, im Perlenfischen und Perlenverarbeiten. Einzelnen Fischern wurde gestattet, ihre Schmuckstücke in Milliard-City zu verkaufen. Die Insel-Nabobs besaßen zwar bereits alle erdenklichen Schmuckgegenstände, aber aus Freundlichkeit wurde eben noch mehr gekauft. Wenn Mrs. Tankerdon eine kostbare Perle erwarb, mußte natürlich auch Mrs. Coverley eine kostbare Perle erwerben.
Nach 10 Tagen, am 13. Oktober, stach Standard-Island wieder in See. Der Kommodore umschiffte alle Klippen und Sandbänke ohne jede Schwierigkeit. Diesen Wasserfrosch in Uniform konnte nichts in Verlegenheit bringen. Er durchquerte das sogenannte *Schlimme Meer*, um Tahiti anzusteuern.

13

Der Tahiti-Archipel liegt zwischen 15° 52' und 17° 49' südlicher Breite und zwischen 150° 8' und 156° 30' westlicher Länge von Paris.
Er bedeckt gut 2200 km². Man unterscheidet 2 Inselgruppen: die Inseln des Windes und die Inseln unter dem Winde; die erste wird von den Franzosen, die letzte von eingeborenen Häuptlingen beherrscht.
Die Engländer nennen sie Georgsinseln, obwohl ihr Entdecker Cook sie zu Ehren der Königlichen Gesellschaft in London Archipel der Gesellschaftsinseln getauft hat. 250 sm von den Marquisen entfernt, zählt diese Inselgruppe nach neuesten Erhebungen 40 000 eingeborene und fremde Einwohner. Standard-Island erreichte Tahiti ohne Zwischenfall. Die Sonne neigte sich zum Wendekreis des Steinbocks, in 2 Monaten mußte sie ihn erreicht haben.
Die Milliardeser sahen Tahiti zum erstenmal. Im letzten Jahr war die Propellerinsel zu spät zu ihrer Reise ausgelaufen und deshalb nur bis Pomotu gekommen. Im Morgengrauen des 17. Oktober kam Tahiti in Sicht. Schon während der Nacht hatte man den Leuchtturm der Venusspitze ausgemacht. Nun aber mußte der Stadtrat zusammentreten: die beiden Parteien stritten sich. Jem Tankerdon und seine Freunde bestanden auf einem westlichen, Nat Coverley und die seinen auf dem östlichen Kurs. Cyrus Bikerstaff entschied als Kapitän, daß Standard-Island die Insel umfahren und so von Süden aus Papeete erreichen sollte.
Dem bis auf das Cello neugierigen Streichquartett paßte das wunderbar ins Konzept, so konnten sie die ganze Schönheit dieser Ozeanperle, wie Tahiti genannt wird, genießen.
Tahiti hat eine Oberfläche von 1042 km², geometrisch zeigt es die Form einer Kürbisflasche. Die Einwohnerzahl beträgt 7000.
Die Propellerinsel näherte sich Tahiti bis auf 2 km. Da rauschte ein Boot mit gelber Flagge heran, die Gesundheitspolizei! Sie zog im Steuerbordhafen ihre Erkundigungen ein. Die Bestimmungen wurden streng gehandhabt: niemand durfte ohne die Bewilligung des Hafenarztes an Land. Der Arzt setzte sich sofort mit der Stadtverwaltung in Verbindung. Es han-

delte sich nur um eine Formalität. Auf der Propellerinsel gab es keinen einzigen Kranken. Cholera, Influenza, Gelbfieber waren unbekannt. Der Arzt gab also ohne Umschweife sein Attest. Da aber die Nacht schon hereinbrach, wurde die Ausschiffung auf den Morgen verschoben.
Am anderen Morgen krachten Schüsse. Standard-Island begrüßte Tahiti mit der Bordkanone. Von der Kanone an der Spitze der großen Hafeneinfahrt erwiderte Tahiti den Ehrensalut.
Der Steuerbordhafen war überfüllt. Die Trambahnen brachten die Milliardeser, unter ihnen das Konzert-Quartett einschließlich Sebastian Zorn, zu den Booten. Als erster betrat der Gouverneur Tahiti, er mußte sich den Zivil- und Militärbehörden vorstellen. Außerdem war er der Königin einen Besuch schuldig. Cyrus Bikerstaff, zusammen mit seinen engsten Mitarbeitern Barthelemy Ruge und Hubert Harcourt, alle in Galauniform, wurde mit Jubel begrüßt. Von überallher kamen die Leute gelaufen, um dem nicht alltäglichen Schauspiel beizuwohnen. Der Zivilgouverneur empfing Bikerstaff in seinem Palast in diplomatisch herzlicher Atmosphäre.
»Wie lange gedenken Sie vor Papeete zu liegen?« fragte der Zivilgouverneur.
»Etwa 14 Tage.«
»Dann werden Sie das Vergnügen haben, eine französische Flottendivision zu sehen; sie wird in dieser Woche eintreffen.«
»Hoffentlich dürfen wir Sie recht bald auf Standard-Island begrüßen.«
Dann stellte Bikerstaff sein Gefolge vor, seine Adjutanten, den Kommodore, den Befehlshaber der Miliz, verschiedene Beamte, den Oberintendanten der schönen Künste und die Musiker des Quartetts.
Die Musiker wollten die Zeit in Papeete nutzen und möglichst viel von Tahiti kennenlernen, kurz: sie wollten die *Kürbisflasche* bis auf den letzten Tropfen leeren und unterrichteten Calistus Munbar von ihren Entschlüssen.
»Ich empfehle Ihnen, noch 48 Stunden zu warten.«
»Aber warum?«
»Weil die Behörden von Standard-Island erst noch der Königin ihre Aufwartung machen wollen. Dabei sollen auch Sie, meine Herren, Ihrer Majestät vorgestellt werden.«

Sebastian Zorn zuckte merklich zusammen.
»Aber warum denn 48 Stunden?«
»Weil morgen der Zivilgouverneur den Besuch Cyrus Bikerstaffs erwidert und hierherkommt. Sie sollten dabeisein.«
Sebastian Zorn zuckte wieder zusammen. Das war zuviel.
Vom Palast des Gouverneurs begab sich die ganze offizielle Mannschaft zum Palast der Königin.
Die Königin hatte durch die französische Schutzherrschaft nichts an Ansehen eingebüßt. Wehte im Hafen von Papeete und an den öffentlichen Gebäuden der Stadt auch die Trikolore, so flatterte über dem Königlichen Palast noch immer die alte Flagge des Archipels, rotweiße Querstreifen, dreifarbiger Jack in der oberen, inneren Ecke.
1706 entdeckte Qiros Tahiti, das er Sagittaria taufte. 1767 kam Wallis und 1768 Bougainville, sie erforschten die ganze Inselgruppe.
Zur Zeit dieser Entdeckungen herrschte die Königin Oberea. Nach ihrem Tod kam die Pomares-Dynastie an die Macht: Pomare I. von 1762 bis 1780, Pomare II. von 1780 bis 1819 und Pomare III. von 1819 bis 1827. Danach kam dessen Schwester Aimata auf den Tahiti-Thron. Da sie mit ihrem ersten Mann kinderlos blieb, verstieß sie ihn und heiratete Ariifaaite. Aus dieser Verbindung gingen hervor: 1840 Arione, der bereits mit 35 Jahren starb; 1841 Teriimaevarna, seit 1860 Fürstin von Bora-Bora; 1842 Tamatoa, König der Insel'Raiatea, den seine Untertanen, empört über dessen Grausamkeit, vom Thron stießen; 1846 Teriitapunui; 1848 Tuavira, der in Frankreich erzogen wurde.
Nach langen Kämpfen unterwarf sich Tahiti 1846, aber auch später kam es noch zu Unruhen. 1852 wurde die Königin gestürzt und die Republik ausgerufen. Aber das französische Gouvernement setzte die Königin wieder ein, diese verzichtete auf 3 ihrer Kronen: zugunsten ihres ältesten Sohnes auf die von Raiatea und Tahaa, zugunsten des zweiten auf die von Huahine, und zugunsten ihrer Tochter auf die Krone von Bora-Bora. Gegenwärtig saß Pomare VI. auf dem Thron.
Frascolin wußte über alle diese Fakten und Geschichtchen Bescheid. Yvernes und Pinchinat hörten ihm gern zu, nur Sebastian Zorn bestand darauf, daß ihm das alles völlig piepe sei.
»Was heißt eigentlich Pomare?« fragte Yvernes. »Hustennuß!« erwiderte Frascolin lachend.

»Mir kann nichts passieren, ich hab mein Taschentuch dabei!« spottete Pinchinat.
»Königin Hustennuß, ich hab's doch gleich gewußt, das nimmt ein böses Ende, so ein blöder Name«, zeterte Zorn.
Der Empfang des Gouverneurs von Standard-Island, der Behörden und Honoratioren ging mit großer Feierlichkeit vonstatten. Königin Pomare VI., 42 Jahre alt, trug ein rosarotes Staatskleid. Sie bedankte sich in bestem Französisch für die Ehre des Besuchs, sagte, daß sie gern einmal dieses Wunderinselschiff sehen wolle und hoffe, daß Standard-Island noch recht oft in Tahiti anlegen würde. Jem Tankerdon wurde von ihr besonders ausgezeichnet, was Nat Coverley natürlich fuchste. Der Grund für die Auszeichnung: die königliche Familie war protestantisch und Jem Tankerdon das Haupt der Protestanten auf Standard-Island.
Auch die Mitglieder des Konzert-Quartetts wurden Ihrer Majestät vorgestellt. Die Königin äußerte den Wunsch, einem Konzert der Musiker beizuwohnen, was Calistus Munbar ihr auch sofort versprach.
Die Audienz dauerte eine halbe Stunde. Danach ging es nach Papeete zurück. Beim Militärkasino wurde haltgemacht, die hiesigen Offiziere gaben zu Ehren des Gouverneurs und der Milliard-City-Oberen ein Essen. Der Champagner floß in Strömen, ein Toast jagte den nächsten, erst gegen 18 Uhr stießen die Boote vom Hafen ab. Abends saßen die Musiker im Kasino zusammen.
»Da steht uns aber ein Konzert bevor«, sagte Frascolin, »was werden wir denn spielen? Ob sie für Mozart oder Beethoven ein Organ hat?«
»Dann spielen wir eben Offenbach, Barney oder Audran!« erwiderte Zorn.
»Oder wir geigen Bambula und Negertänze«, scherzte Pinchinat.

14

Von den französischen Behörden und den Eingeborenen so herzlich empfangen, revanchierten sich die Behörden von Milliard-City dadurch, daß sie die Militärs und Zivilisten von

Papeete nach Standard-Island einluden. Sie strömten von überallher zum Hafen und ließen sich übersetzen. Die Avenuen, die Parks und die Felder waren mit Menschen übersät, doch nicht ein Zwischenfall trübte das gute Einvernehmen. Die Polizei achtete natürlich darauf, daß sich kein Tahitianer für immer auf der Insel festsetzte.

Natürlich genossen die Milliardeser auf der Insel und deren Ableger alle Freiheiten. Angetan von der herzlichen Atmosphäre und der Naturschönheit dieser Inseln, dachten bereits einige Millionäre daran, sich hier Villen zu kaufen oder bauen zu lassen, um für einige Zeit dem Stadtleben zu entfliehen.

Schon am nächsten Tag bezogen die Tankerdons ein kleines Häuschen auf der Landspitze von Tatao. Mr. und Mrs. Coverley zogen sofort nach: sie vertauschten ihre Villa in der 15. Avenue mit einer herrlich unter Bäumen gelegenen Villa auf der Venusspitze.

»Da werden die beiden Oberfamilien ja gar nicht da sein, wenn der Zivilgouverneur unseren Besuch erwidert«, sagte Frascolin zu Calistus Munbar.

»Um so besser, dann gibt es keine Scherereien.«

Auch Cyrus Bikerstaff war erleichtert.

»Gibt es keine Möglichkeit, diese Rivalität aus der Welt zu schaffen?« fragte Frascolin.

»Wer weiß, vielleicht gelingt es den beiden Kindern Walter und Dy«, antwortete Munbar mit einem süffisanten Lächeln.

»Aber augenblicklich sieht es nicht danach aus.«

»Wir können ja zu gegebener Zeit nachhelfen.«

Am Nachmittag des 20. Oktobers landeten der Zivilgouverneur, der Kommandant, der Generalsekretär und die ersten Beamten des Protektorats am Quai des Steuerbordhafens. Salut wurde geschossen. Cyrus Bikerstaff begrüßte die Herren mit allem Pomp. Luxuswagen brachten die Gäste in die Stadt, wo die Bevölkerung in millionenschweren Jubel ausbrach.

Nach der Begrüßungszeremonie im geschmückten Empfangssaal folgte eine Besichtigungsfahrt. Calistus Munbar zeigte den Gästen die Kirchen, die beiden Elektrizitätswerke, das Observatorium, die Hafenanlagen, die Parks und Felder außerhalb von Milliard-City. Es folgte ein kleiner Imbiß im Saale des Kasinos. Gegen 18 Uhr verließ die Gesellschaft unter erneutem Salut Standard-Island.

Am anderen Morgen ließen sich die Musiker zu einer Besichtigung nach Papeete übersetzen.
»Ich sehe gar keine Kannibalen.«
»Jene Wilden, die vor dem Schlafengehen 5 Fremde verspeisen, die zum Frühstück mit dem Hackebeilchen ein Menschensteak zubereiten und zum Dessert eine saftige Jungfrau verzehren, gibt es nicht mehr.«
»Was??! In ganz Ozeanien soll es keine Kannibalen mehr geben?«
»Tut mir leid, aber so ist es!«
»Wartet nur ab, ihr werdet schon sehen, ich möchte mit dem ganzen Blödsinn nichts zu tun haben«, zeterte Sebastian Zorn.
»Hoppla, schaut euch mal diese schönen Menschen an!«
»Und vor allem die Mädchen! Schade, daß wir nicht 100 Jahre früher gekommen sind, da waren sie noch alle nackt! Unsere Missionare haben seinerzeit den Rahm abgeschöpft!«
Auch bei ihren Ausflügen in die nähere Umgebung von Papeete gingen den Musikern die Augen über. Diese Landschaft mit ihren wild und malerisch wuchernden Kokospalmen, Rosenholzbäumen, Puraus, Tiairis, Tamanas, indischen Birnenbäumen und Sandelhölzern war unvergleichlich schön.
Raubtiere gab es hier nicht. Der einzige einheimische Vierfüßler war eine Art Schwein, in der Größe zwischen unserem bekannten Hausschwein und dem Eber. Pferde, Rinder und Ziegen hatte man hierher transportiert. Erstaunlich bunt war lediglich die Vogelwelt. Die Ausflüge des Streichquartetts dehnten sich bis zur Halbinsel Tabaratu aus. Sie besuchten das Fort Phaeton. Die Marinesoldaten waren über den Besuch ihrer Landsleute hocherfreut. Für den 7. November hatten sie sich einen Ausflug zur Venusspitze vorgenommen.
Mit Tagesgrauen marschierten sie los. Bald kamen sie über jenen Hügel, auf dem die Coverleys ihre Villa gemietet hatten. Und wen trafen sie hier? Walter Tankerdon, dessen Familie sehr weit von hier weg wohnte! Kein Wunder: Liebe macht sportlich! Walter Tankerdon war zu Pferd hierher geritten. Er begrüßte die Musiker und fragte sie, ob sie heute abend in Papeete zurück sein würden.
»Tut uns leid, Herr Tankerdon, aber wir haben eine Einladung von Miß Coverley.«
Walter Tankerdon legte die Stirn in Falten, grüßte kurz und gab seinem Pferd die Sporen.

»Der wäre am liebsten mitgegangen«, sagte Pinchinat.
»Munbar hat doch recht gehabt. Da liegt was in der Luft. In zivilisierten Ländern nennt man das kurz, schlicht und ergreifend: Liebe!« sagte Frascolin.
»Wieder ein Beweis, daß Geld allein nicht glücklich macht«, fügte Yvernes hinzu.
Den Nachmittag und den Abend verbrachten die Musiker in der Coverley-Villa. Mrs. Coverley spielte auf dem Klavier neue Kompositionen, Miß Dy sang verschiedene Lieder und Yvernes, der es sich nicht verkneifen konnte, mischte seinen hausgemachten Privattenor dazwischen, daß es nur so eine Art hatte.
Irgendwann am Abend ließ Pinchinat, keiner weiß warum, die Bemerkung fallen, daß man auf dem Herweg Walter Tankerdon in dieser Gegend getroffen hatte. Miß Dy lächelte ein bißchen, ihre Augen glänzten. Tatsächlich: hier schien etwas im Busch zu sein!
Nach dem Frühstück kehrten die Musiker am anderen Morgen nach Papeete zurück.
Am 11. November traf im Hafen der erwartete Flottenbesuch ein. Gegen 11 Uhr ankerte die *Paris*, ein Kreuzer 1. Klasse, begleitet von 2 Kreuzern 2. Klasse und einem Kanonenboot. Salut wurde geschossen. Im Donner der Kanonen begab sich der Konteradmiral mit seinen Offizieren an Land.
Auch Cyrus Bikerstaff empfing die Gäste auf Standard-Island, er zeigte ihnen Milliard-City und Umgebung. Da kam dem unermüdlichen Calistus Munbar ein Gedanke. Er unterrichtete den Gouverneur, dieser stimmte zu.
Und so wurde für den 15. November ein großes Fest, ein offizielles Diner und ein Ball in den Räumen des Stadthauses geplant. Neben den europäischen und eingeborenen Tahitianern, neben den französischen Marineoffizieren, wurden auch die Königin Pomare VI. und deren Hofstaat geladen und ein Konzert des Konzert-Quartetts wurde angekündigt. Im ganzen wurden 1000 Einladungen verschickt. Am Gala-Diner sollten nur etwa 100 Honoratioren teilnehmen. Darunter sollten auch der König und die Königin von Malecarlien sein. Der große Tag brach an. Standard-Island strahlte im Glanz der französischen, königlich-tahitianischen und privaten Flaggen und Fähnchen.

Ich will nicht viele Worte machen, sondern lieber die auf feinem Pergament gedruckte Speisefolge notieren:

Le potage à la d'Orléans
La crème comtesse
Le Turbot à la Mornay
Le filet de bœuf à la Napolitaine
Les quenelles de volaille à la Viennoise
Les mousses de foie gras à la Trévise
Sorbets
Les cailles rôties sur canapé
La salade provençale
Les petits pois à l'anglaise
Bombe, macédoine, fruits
Gâteaux variés
Grissins au parmésan
Weine:
Château d'Yquem / Château-Margaux
Chambertin / Champagne
Verschiedene Liköre

»Der Hunger ist ein Tier, das mit Verstand traktiert werden will«, zitierte Frascolin einen bekannten Schriftsteller aus dem Gedächtnis.

»Wem hier nicht das Wasser im Munde zusammenläuft, soll sich heimgeigen lassen«, dachte die 1. Geige.

»Das sind alles nur Täuschungsmanöver«, knurrte Sebastian Zorn, ohne die Lippen zu bewegen.

Um 21 Uhr begaben sich die Gäste zum Konzert in den Kasinosaal. Auf dem Programm standen folgende Werke:

5. Quartett A-Dur, op. 18 von Beethoven
2. Quartett D-dur, op. 10 von Mozart
10. Quartett D-Dur, op. 64 von Haydn
12. Quartett b-Moll von Onslow

Das Konzert wurde zu einem weiteren Triumph für die Pariser Künstler.

Inzwischen tanzten die Gäste auf dem Rasen nach den Klängen eines Akkordeons, das als Instrument bei den Tahitianern beliebt war. Man amüsierte sich, man sprach miteinander, sang, flirtete. Unter der Leitung des Tanzlehrers wurde eine Ehrenquadrille getanzt, an der sich außer dem chronisch zornigen Zorn alle Berühmtheiten beteiligten. Allgemeines Aufsehen erregte die Tatsache, daß Walter Tankerdon als Dame Miß Dy

zugeteilt bekam. War es Zufall oder hieß der Zufall Calistus Munbar? Wie auch immer, die Bewohner der beiden Stadthälften staunten und hatten für die nächste Zeit wieder ausreichend Gesprächsstoff.
Nach dem Feuerwerk, das auf der großen Wiese abgebrannt wurde, nahm der Tanz im Park und im Palast seinen Fortgang. Erst am frühen Morgen ging man müde und glücklich auseinander.
Nach 2 weiteren Tagen war der Aufenthalt im Hafen von Papeete beendet. Kommodore Simcoe gab im Morgengrauen Befehl zur Abfahrt. Von beiden Seiten wurde wie bei der Ankunft Salut geschossen. Standard-Island glitt ins Meer hinaus, umschiffte zuerst das malerische Morea, dann Raiatea, die heilige Insel, die Wiege des königlichen Geschlechts, später Bora-Bora, Motu-Iti, Mapeta, Tubuai und Manu. Am 19. November versanken die letzten Ausläufer des Archipels am Horizont. Die Propellerinsel nahm Kurs nach Südwesten.
Wer Kapitän Sarol beobachtet hätte, wäre erstaunt gewesen. Mit haßverzerrtem Gesicht und drohend erhobener Faust zeigte er in Richtung Neue Hebriden.

15

Genau 6 Monate war Standard-Island, die schwimmende Propellerinsel, nun unterwegs. Bisher hatte kein Zwischenfall diese wunderbare Seereise gestört. Die Gewässer des Äquatorialgebietes lagen spiegelglatt, zwischen den Wendekreisen wehten frische regelmäßige Passatwinde. Unter solchen Bedingungen entsteht sehr oft ein Gefühl der Langeweile.
Die Musiker des Konzert-Quartetts waren vom Gegenteil überzeugt, zu Recht! Auf dem unendlich weiten Meer folgte eine Oase der anderen; den Sandwichinseln, den Marquisen, den Pomotu- und Gesellschaftsinseln würden die Cookinseln, Samoa, die Tonga- und Fidschiinseln, die Neuen Hebriden und vielleicht noch andere Inseln folgen. An Bord gab es die neuesten Zeitungen und Zeitschriften, auch der Postverkehr mit Übersee funktionierte reibungslos.
Das den Künstlern zugesicherte Honorar wurde immer pünktlich gezahlt. Tausende von Dollars flossen in ihre Taschen. Sie

würden reich, sehr reich sein, wenn sie Standard-Island verließen.
»Nun, bist du noch immer sauer«, fragte Frascolin den Cellisten, »sind deine Vorurteile gegen Milliard-City noch nicht beseitigt?«
»Nein!«
»Aber wir werden eine Menge Geld haben, wenn die Fahrt zu Ende ist.«
»Abwarten, abwarten!«
»Was soll das heißen?«
»Wir besitzen das Geld erst, wenn wir es auch wirklich mitnehmen können.«
»Und du zweifelst daran?«
»Ja.«
Was sollte man dazu sagen? Sebastian Zorn zweifelte an allem, nur an seinem Zorn nicht.
Die Rivalität zwischen den Tankerdons und Coverleys schwächte sich allmählich ab, worüber Cyrus Bikerstaff und seine Beamten sehr froh waren. Auch Oberintendant Calistus Munbar machte ein zufriedenes Gesicht. Hatte doch Walter Tankerdon mit Dy Coverley getanzt! Jedenfalls sprachen die Tankerdons und deren Freunde nicht mehr davon, aus Milliard-City eine Handelsstadt zu machen.
Was sich zwischen Walter Tankerdon und Dy Coverley abspielte bzw. nicht abspielte, war das uralte Puzzle-Spiel von Liebe und Zurückhaltung, Eingeständnis und Geheimnistuerei. Beide hörten nicht hin, wenn ihre Eltern sich, freilich jeweils allein, beschimpften, wenn Tankerdon auf Coverley und Coverley auf Tankerdon böse waren. Die Tankerdons drängten ihren Ältesten, doch endlich zu heiraten, aber dieser zögerte. Was sich bisher von allein anbot, lehnte er immer ab. Er liebte Dy Coverley, aber wie hätte er aus der nötigen Reserve herausgehen können? Er wollte Dy Coverley heiraten, nicht aber einen Bürgerkrieg entfachen!
Ähnlich empfand Dy Coverley. Trotz vieler Angebote von seiten ihrer Eltern, nach Italien, Frankreich, Deutschland zu gehen, wollte sie in Milliard-City bleiben, weil, wie sie sagte, es ihr hier am besten gefiel. Nach dem Warum mußte man nicht lange fragen. Die beiden trafen sich nur bei offiziellen Anlässen, keiner hatte sich dem anderen bisher offenbart, jeder übte die größte Zurückhaltung.

»Warten Sie mit der Flagge. Die Engländer sollen erst Salut schießen!« befahl der Kommodore.

Um so genialer von Calistus Munbar, das Paar zusammenzubringen! Daß es wie ein Zufall aussah, war beabsichtigt.
Calistus Munbar bezeichnete seinen Erfolg als einen »großen Schritt in die Zukunft!«. Aber wir werden ja sehen!
Am Morgen des 25. November meldeten die Wachen des Observatoriums mehrere hochbordige Boote, die südwestlichen Kurs steuerten. Kommodore Simcoe unterrichtete den Gouverneur. Der ordnete, im Glauben, es handle sich um Kriegsschiffe, Salutwechsel an. Frascolin, Yvernes und Pinchinat fuhren mit dem Fahrstuhl auf die obere Plattform des Observatoriums, um dieser Zeremonie internationaler Höflichkeit beizuwohnen.
Die Fernrohre suchten das Meer ab.
»Welcher Marine gehören die Boote denn an?« fragte Frascolin einen Offizier.
»Es könnten englische Schiffe sein. Mal sehen.«
Die Schiffe näherten sich mit mittlerer Geschwindigkeit. Eine Stunde später waren sie bis auf 3 km herangekommen.
»Ja, es scheinen Schiffe der britischen Division im West-Pazific zu sein!«
Der Offizier hielt sich bereit, die Flagge von Standard-Island zu hissen. Man wartete nur auf den ersten Salutschuß vom Admiralschiff. 10 Minuten vergingen.
»Die beeilen sich aber nicht, höflich zu sein«, sagte Frascolin.
»Es sind ja auch Engländer, Landsleute John Bulls, der seinen Hut auf dem Kopf festgeschraubt hatte«, erwiderte Pinchinat.
Der Offizier zuckte mit den Achseln.
»Ich kenne sie. Die grüßen nicht.«
Tatsächlich, die Schiffe passierten Standard-Island, ohne eine Flagge zu hissen, ohne einen einzigen Salutschuß abzufeuern.
»Wenn ich da an den Empfang durch die Franzosen denke, werde ich wehmütig«, sagte der Offizier.
»Tja, Franzosen sind und bleiben eben Kavaliere, auch wenn es sich um Soldaten handelt«, schwärmte Frascolin.
Früh am 29. November machten die Wachen die ersten Höhenzüge der Cookinseln aus, die unter 20° südlicher Breite und 160° westlicher Länge liegen. Kapitän Cook landete hier 1770.
Die Gruppe besteht u. a. aus den Inseln Mangia, Rarotonga, Watim, Mittio, Hervey, Palmerston und Hagemeister. Die Einwohner sind polynesische Malaien, von europäischen Missionaren zum Christentum bekehrt. Bisher haben sie zwar al-

len Kolonialherren getrotzt, aber dennoch verfallen sie nach und nach dem Joch von Englisch-Australien. Die wichtigste Insel dieser Gruppe ist Mangia. Deshalb war auch ein 14tägiger Aufenthalt geplant.
»Wenn es hier keine Kannibalen gibt, gibt es überhaupt keine«, sagte Pinchinat.
»Was soll's«, knurrte Zorn.
»Nun: Mangia kommt von *manger*, das heißt *essen*, also könnte es ja sein, daß hier Kannibalen leben.«
»Quatsch, in Essen wohnen ja auch keine Menschenfresser!«
Als Standard-Island noch 2 km vor Mangia lag, tauchte am Pier des Steuerbordhafens eine Pirogue auf. An Bord befand sich der englische Kommandant. Der Hafenkapitän wurde unterrichtet, er erschien und begrüßte den kleinen dicken Mann.
»Im Namen des Königs und der Königin von Mangia«, sagte der Engländer, »überbringe ich die Empfehlung Ihrer Majestät Seiner Exzellenz dem Gouverneur von Standard-Island.«
»Ich bin beauftragt, sie dankend entgegenzunehmen.«
»Seine Exzellenz wird stets willkommen sein!« erklärte der Engländer, dessen häßliches Gesicht von Geiz und Habsucht wie versteinert erschien. Dann fuhr er mit süßlicher Stimme fort:
»Wie ist der Gesundheitszustand an Bord?«
»Besser denn je.«
»Aber sicher der eine oder andere Fall von Typhus, Blattern ...«
»Nicht einmal ein Fall von Schnupfen. Bitte stellen Sie uns das Patent aus, damit wir an Land gehen können.«
»Sie wollen an Land kommen? Wunderbar! Ist auch keine Krankheit an Bord?«
»Wie ich es Ihnen sagte. In Milliard-City sind alle wohlauf.«
»Schön, hoffentlich werden sehr viele Bewohner dieser Stadt uns die Ehre ihres Besuches geben, nur ...«
»Nur?«
»Ihre Majestät haben in Übereinstimmung mit dem Häuptlingsrat angeordnet, daß alle Fremden beim Betreten von Mangia einen Eintrittszoll zu zahlen haben ...«
»Was??! Geld?«
»2 Piaster pro Person!«
»Das ist doch nicht Ihr Ernst.«

»Mein voller Ernst. Nur gegen Bezahlung können wir Fremde aufnehmen.«

»Ist schon gut«, sagte der Hafenkapitän, grüßte und ging in sein Büro, um mit dem Kommodore zu telephonieren.

Ethel Simcoe setzte sich sofort mit dem Gouverneur Bikerstaff in Verbindung. Die Antwort war schnell durchgegeben: Standard-Island wird den Zoll nicht entrichten und weder hier noch an einer anderen Insel dieses Archipels Station machen. Der Engländer fuhr wieder zurück, Standard-Island rauschte mit Volldampf (10 000 000 PS) wieder ins offene Meer hinaus.

Unter dem Vorsitz des Gouverneurs wurde eine Versammlung einberufen, die die Reiseroute festlegen sollte. Standard-Island befand sich augenblicklich in Gegenden mit vorherrschend englischem Einfluß. Würde man, wie zu Beginn der Reise ausgemacht, weiter westwärts steuern, käme man zu den Tonga- und Fidschiinseln. Was man vor Mangia erlebt hatte, war ja keineswegs ermutigend. Da schien es weit ratsamer, die Loyalitätsinseln und Neukaledonien anzulaufen, wo man mit französischer Höflichkeit rechnen konnte. Damit entfernte man sich jedoch von den Neuen Hebriden, wohin die Schiffbrüchigen der Ketsch wollten.

Kapitän Sarol geriet, als man ihm die Entschlüsse mitteilte, in Wut. Er zeigte eine gefährliche Gereiztheit.

Zum Glück für die Malaien wurde der Plan einer Richtungsänderung von der Versammlung wieder verworfen. Das zuerst entworfene Programm blieb also gültig.

16

Standard-Island war bedroht! Jeder Kilometer brachte die riesige Propellerinsel dem von langer Hand geplanten Verderben näher. Das Haupt der Verschwörung war kein anderer als Kapitän Sarol.

Es war nämlich kein Zufall, daß die Malaien die Sandwichinseln angelaufen hatten. Die Ketsch ankerte in Honolulu nur, um Standard-Island abzuwarten. Kapitän Sarol wollte der Propellerinsel folgen, ohne Verdacht zu erwecken. Dieser Plan war nur auszuführen, wenn man sich als Schiffbrüchige tarnte,

denn normale Passagiere wurden ja nicht zugelassen. Die Kollision der Ketsch war fingiert, die Malaien hatten ihr Fahrzeug selbst zerstört.
Seit 4 Monaten lebten die Malaien nun auf Standard-Island in unbeschränkter Freiheit. Sie konnten herumgehen, sich informieren, sie konnten tun und lassen, was sie wollten, vorausgesetzt, es verstieß nicht gegen das gesunde Volksempfinden.
Auf den Neuen Hebriden lebten Kanaken, Papuas und Malaien zusammen mit Australnegern, nicht wenige Inseln glichen richtigen Verbrecherhöhlen. Der Malaie Sarol gehörte zu diesen gewissenlosen, raub- und mordlustigen Brüdern. Sarol wollte jetzt nicht sein schüchternes Debüt als Obermörder geben, er war in diesem Teil des westlichen Stillen Ozeans bekannt wie ein bunter Bluthund. Er wollte ein Riesending drehen!
Vor vielen Monaten bereits hatte Sarol mit seinen Spießgesellen und den Einwohnern der Insel Erromango einen Anschlag ausgeklügelt, der ihnen, im Falle des Gelingens, gestatten würde, überall als »ehrbare Leute« zu leben. Von der Propellerinsel hatten sie gehört, sie wußten um die Reichtümer von Milliard-City. Da die Insel aber nicht so weit nach Westen fahren wollte, mußte eben nachgeholfen werden.
Als Dank für die gewährte Gastfreundschaft wollten die Matrosen und ihr Kapitän Standard-Island nach Erromango lancieren, wo sie von Eingeborenen überrumpelt und in Beschlag genommen werden sollte. So lautete der Plan Kapitän Sarols.
Am 9. Dezember erreichte Kommodore Simcoe den 171. Meridian im Schnittpunkt mit dem 15. Breitengrad. Die Insel Rose tauchte auf. 2 Tage später kamen Manua, Olosaga und Ofu in Sicht. Tetuila erreichte Standard-Island in der Nacht vom 14. auf den 15. Dezember und im Hafen von Pago-Pago wurden die Schrauben gestoppt. Ein offizieller Empfang war nicht nötig, da der Souverän des Archipels auf Upolu, wo auch englische, amerikanische und deutsche Vertretungen sitzen, wohnte. Am Morgen ließen sich die Einwohner von Milliard-City, darunter auch das ganze Streichquartett, an Land fahren. Calistus Munbar schloß sich ihnen an. Er hatte erfahren, daß einige Familien im Wagen einen Ausflug nach Leone, der Hauptstadt, planten.
»Hoffentlich begegnen sich Walter Tankerdon und Dy Coverley während dieser Fahrt!«

Calistus Munbar hoffte, daß ihm die Versöhnung der beiden streitenden Häuser endlich gelänge. Der Umweg über die Liebe der Kinder störte ihn dabei nicht, im Gegenteil!
»Liebe Freunde«, begann er emphatisch, »wir stecken mitten in einer komischen Oper ... ein glücklicher Zufall führt zur Lösung des Knotens ... ein durchgehendes Pferd ... ein umschlagender Wagen ...«
»Was? Ein Überfall?« fuhr Yvernes auf.
»Nein, viel einfacher! Nur ein kleiner Unfall, um Walter Tankerdon die Gelegenheit zu geben, das Leben von Dy Coverley zu retten, so dir nichts mir nichts, verstehen Sie?«
»Ihnen liegt aber viel an dieser Verbindung.«
»So viel, daß ich manchmal meinen Humor verliere; ich magere sichtlich ab, ich sterbe noch, wenn es scheitert!«
Die samoanischen Mädchen und Frauen hatten hier genausowenig am Leib wie die kräftig gebauten Männer. Brust und Hände waren meist tätowiert, sie trugen Gardeniakränze auf dem Kopf. Ihre Zurückhaltung und ungezierte Grazie, ihr Lächeln und ihre natürliche Schüchternheit entzückten die Streichmusiker.
Am nächsten Tag durchstreiften sie die Insel von einer Küste zur anderen. Im Wagen fuhren sie zur Bay von Franca, deren Name an Frankreich (France) erinnert. Ein 1884 eingeweihtes Monument aus weißer Koralle trägt eine Bronzetafel mit den eingravierten unvergeßlichen Namen des Kommandanten de Langle, des Naturforschers Kamonon und der 9 Matrosen, der Begleiter Lapérouses, die an dieser Stelle ermordet worden waren.
4 Tage später, am 19. Dezember, verließ Standard-Island Tetuila, ohne daß es zu dem von Munbar geplanten Zwischenfall gekommen war. Aber die Rivalität hatte doch nachgelassen, wenigstens ein Trost für den Regisseur, dessen Inszenierung in die Binsen ging. Am Morgen des 23. Dezember stach Standard-Island von Upolo aus, wo man ebenfalls haltgemacht hatte, wieder in See.

17

Seit dem 21. Dezember schwenkte die Sonne, nachdem sie den Wendekreis des Steinbocks erreicht hatte, nach Norden. Das bedeutete für diese Erdhälfte Sommer. Stürme und Orkane waren fast ausgeschlossen. Langsam und sicher glitt Standard-Island weiter über den inselbesetzten Ozean. Es genügte, in den ersten Januartagen vor Tonga-Tabu zu sein, dort sollte eine Woche gerastet werden. Danach ging es weiter zu den Fidschiinseln, von da zu den Neuen Hebriden, um die Malaien abzusetzen.

In Milliard-City nahm das Leben ruhig und ohne Aufregung seinen Verlauf, das Leben einer großen amerikanischen oder europäischen Stadt mit seiner dauernden, durch Dampfer oder Telegraphenkabel unterhaltenen Verbindung zur Neuen Welt, den gewohnten gegenseitigen Besuchen der Familien, der Annäherung zwischen den beiden Stadthälften, mit den Spaziergängen, den Unterhaltungen und den Konzerten des Quartetts, die sich nach wie vor der größten Beliebtheit erfreuten. In der Woche zwischen Weihnachten und Neujahr schwelgte ganz Milliard-City in Festlichkeiten.

Inzwischen veröffentlichten die Zeitungen, das *Starboard-Chronicle* und der *New-Herald* alle örtlichen und überseeischen Neuigkeiten. Eine dieser Neuigkeiten erregte die Aufmerksamkeit und gab zu zahlreichen Kommentaren Anlaß.

In der Nummer vom 26. Dezember stand zu lesen, daß der König von Malecarlien zum Gouverneur gegangen war und dieser ihm die Audienz gewährt hatte. Keiner wußte, was dieser Besuch bezwecken sollte. Gerüchte tauchten auf, Mutmaßungen kursierten und beunruhigten die Leute. Schließlich gab die Zeitung selbst die Aufklärung des Falles bekannt: der König von Malecarlien hatte sich um eine Anstellung am Observatorium beworben und die oberste Verwaltung hatte diesem Gesuch entsprochen.

»Das kommt auch nicht häufig vor: ein König mit der großen Linse vorm Auge, ist ja allerhand!« rief Pinchinat.

»Das Gestirn der Erde grüßt mit grauem Bart und nervösem Auge seine Brüder am Himmel«, poetisierte Yvernes.

»Lyrik hat ebensowenig Zukunft wie eine Monarchie, aber

beide setzen dem Übel jeweils die Krone auf, tja«, brummelte Sebastian Zorn.
Noch einige Male sprachen sie über dieses ebenso seriöse wie seltsame Paar. Da schlug Pinchinat folgendes vor:
»Ich habe die Idee, wir bieten dem Königspaar einmal ein Privatkonzert mit den besten Stücken unseres Repertoires.«
»Nicht schlampig«, sagte Sebastian Zorn sofort.
»Von solchen Gedanken habe ich den ganzen Kopf voll, wenn ich schütteln würde, kämen wir aus dem Musizieren gar nicht mehr heraus«, sagte Frascolin.
»Ich bin sicher, dem Paar würden wir eine Riesenfreude machen!«
»Morgen ersuchen wir schriftlich um eine Audienz«, meinte Zorn.
»Nicht erst morgen, gehen wir heute abend mit den Instrumenten hin, stellen uns vor dem Haus auf und ...«
»Eine Serenade?«
»Warum nicht? Abgemacht?«
»Einverstanden!«
In der Abenddämmerung verließ das Konzert-Quartett mit den Instrumenten das Kasino und ging in die am Ende der Steuerbordhälfte gelegene 39. Avenue.
Frascolin drückte auf einen elektrischen Knopf. Der Kammerdiener öffnete. Sie warteten einen Augenblick im Flur, der Diener kam nach wenigen Sekunden wieder, führte die Musiker in die Garderobe, wo sie ihre Instrumente ablegten, danach wurden sie in den Salon geführt. Der König und die Königin erschienen und begrüßten die Gäste.
»Was gibt uns die Ehre Ihres Besuchs?« fragte der König.
»Wir danken Eurer Majestät, daß er uns empfangen hat«, antwortete Frascolin leise.
»Im Gegenteil! Wir haben zu danken. Wir kennen Ihre großen Erfolge, die Sie in Europa wie in Amerika errungen haben. Leider konnten wir Sie bisher noch nicht hören, wie man ein so außerordentliches Quartett hören muß.«
Der König bot seinen Gästen Stühle an. Dann erst setzte er sich selbst vor den Kamin, dessen Marmor eine von Fraquetti geschaffene Büste der jugendlichen Königin trug.
»Wir würden sehr gerne, wenn Eure Majestät erlauben, für Sie beide allein spielen, denn eigentlich gehört die Kammermusik

nicht in die großen Konzertsäle, ihr Rahmen ist die kleine Gesellschaft von Liebhabern und Kennern«, sagte Yvernes elegant.
Das Gesicht des Königs hellte sich auf.
»Meine Herren, Sie wollen ... Sie wären auf den Gedanken gekommen ...«
»Das ist der Zweck unseres Besuchs«, sagte Yvernes.
»Glauben Sie uns, nichts könnte uns mehr Freude bereiten!«
Der König ließ den Kammerdiener die Instrumente holen und den Salon für dieses improvisierte Konzert herrichten; währenddessen geleitete der König seine Gäste in den Garten, wo man sich über Musik unterhielt, über Mozart, Haydn, Beethoven, Mendelssohn und so weiter.
Dann begann das Konzert. Zuerst spielten sie das 2. Quartett As-Dur, op. 13 von Mendelssohn, danach das 3. Quartett C-Dur, op. 75 von Haydn, anschließend das 6. Quartett h-Moll, op. 18 von Beethoven und die Fuge in c-Moll von Mozart, zum Abschluß dann das 10. Quartett D-Dur, ebenfalls von Mozart. Die Franzosen spielten wie aus einem Guß, sie ermüdeten während des Vortrags ebensowenig wie das königliche Paar beim Zuhören. Es war 23 Uhr, als die letzten Akkorde verklangen.
»Wir danken Ihnen, meine Herren, für dieses wunderbare Konzert. Wir werden es nicht vergessen.«
Die Königin und der König von Malecarlien waren tief bewegt.

18

Während der Weihnachtswoche wurden viele Diners, Soirees und offizielle Empfänge veranstaltet. Ein vom Gouverneur den Honoratioren der beiden Stadthälften angebotenes und von diesen angenommenes Bankett gab Gelegenheit, sich über verschiedene Dinge auszusprechen. Dabei saßen die Tankerdons und die Coverleys an einem Tisch beisammen. Sicher würden sie am Neujahrstag sich gegenseitig Glückwünsche aussprechen. Walter Tankerdon erhielt sogar eine Einladung zu einem Konzert von Mrs. Coverley.
Seit diesem Zeitpunkt sagte Calistus Munbar als guter Onkel

einsamer Herzen jedem, der es hören wollte, auch denen, die es nicht hören wollten:
»Die Sache ist geritzt, klappt prima!«
Inzwischen ging die Fahrt von Standard-Island weiter. Am 30. Dezember, spät nachts, zeigte sich eine unerwartete meteorologische Erscheinung am Himmel.
Zuerst hörte man entfernte Detonationen, denen die Wachen keine besondere Bedeutung beimaßen. Es schien kaum wahrscheinlich, daß es sich um eine Seeschlacht oder etwas ähnliches handeln konnte. Die von der Westseite her dröhnenden Detonationen dauerten bis zum anderen Morgen.
Kommodore Simcoe wurde von seinen Offizieren benachrichtigt und beobachtete den Horizont vom Turm des Observatoriums aus. Auf dem Meer zeigte sich kein einziger Lichtschimmer. Aber der Himmel war wie von Flammen gefärbt. Die Luft war stark dunstig trotz des guten Wetters, das Barometer deutete auf eine Störung in der Atmosphäre hin.
Beim Morgengrauen erlebten die Frühaufsteher von Milliard-City eine seltsame Überraschung. Nicht nur die Detonationen hallten weiter von Westen herüber, auch die Luft war von rotem und schwarzem Staubdunst erfüllt, der wie Regen fiel. In kürzester Zeit waren die Dächer und Straßen mit einer karmin-, krapp- und purpurfarbenen Substanz bedeckt.
Alle Einwohner traten aus ihren Häusern, alle außer Tanzlehrer Athanase Dorémus, der schlief durch bis 11 Uhr und ließ sich durch nichts stören. Auch die Musiker hatten sich auf der Plattform des Observatoriums eingefunden. Wiederholt hatte man schon früher Regengüsse von rotem, aus Kieselsäure, Chromoxyd und Eisenoxyd bestehendem Sand beobachtet. Zu Beginn unseres Jahrhunderts wurden in Kalabrien und den Abruzzen ähnlich mysteriöse Regenfälle gemeldet. Der Aberglaube hatte aus dieser Substanz natürlich sofort Blutstropfen gemacht und irgendeine Schuldtheorie entworfen. Dabei handelte es sich, wie 1829 in Blankenberghe, nur um Kobaltchlor. Von fernen Feuersbrünsten werden sehr oft Ascheteile hochgewirbelt und weit weggetragen; solche Niederschläge hat man 1820 in Pernambuco, gelbe Regen 1824 in Orleans und 1836 in den Niederpyrenäen gesehen. Aber was geschah im Augenblick?
Der König von Malecarlien, neuerdings ja meteorologisch beamtet, meinte, die Substanz rühre von einem Vulkan der öst-

Ein Dampfer hatte Standard-Island gerammt! Mehr nicht!

lichen Inseln her; seine Kollegen vom Observatorium teilten seine Ansicht. Man sammelte einige Hände voll dieser Schlakken, die wärmer als die Luft waren. Ein heftiger Vulkanausbruch würde die Detonationen erklären. In dieser Gegend gab es sehr viele noch tätige Vulkane. Im August 1883 verwüsteten die Eruptionen des Krakatoa die Inseln Java und Sumatra in der Nähe der Sundastraße. Es war ein fürchterliches, unbeschreibliches Grauen! War die Propellerinsel von ähnlichen Naturkatastrophen bedroht? Kommodore Simcoe zeigte sich einigermaßen beunruhigt, denn die Weiterfahrt schien schwierig zu werden. Er drosselte die Fahrtgeschwindigkeit. Gegen Mittag wurde es ganz finster. Die Leute flohen bleich aus ihren Häusern. Die Maschinisten standen bereit, im Notfall Standard-Island sofort zu wenden. Der Himmel war mit pechschwarzen Dunstmassen bedeckt.
Gegen 18 Uhr konnte man nicht einmal mehr 10 Schritte weit sehen. Die Masse der herabfallenden Schlacken wurde so groß, daß die Insel schon merklich tiefer sank. Man demontierte die elektrischen Parklampen und künstlichen Monde. Nur die Straßenbeleuchtung blieb brennen. Während der Nacht schienen die Detonationen nachzulassen. Auch der vom Wind mehr nach Süden getragene Schlackenhagel ließ etwas nach. Sollte Standard-Island das Schicksal von Pompeji und Herculanum erleiden?
Die Milliard-City-Vollversammlung saß ohne Unterbrechung zusammen und beriet die Lage. Die Turmwachen beobachteten aufmerksam jede Veränderung am Himmel. Die Fahrtgeschwindigkeit betrug nur noch 3 km/h.
Die unerklärliche Naturerscheinung ließ weiter nach. Doch da erschreckte gegen 3 Uhr morgens ein neuer Zwischenfall die Bewohner von Milliard-City. Standard-Island kollidierte! War sie auf eine Klippe aufgelaufen? War sie vielleicht mit einem Schiff zusammengestoßen, dessen Positionslampen man übersehen hatte? Sofort begaben sich Cyrus Bikerstaff und Kommodore Simcoe zur Kanone nach vorne. Sie sahen, daß Standard-Island tatsächlich mit einem von Westen nach Osten steuernden Dampfer kollidiert hatte. Ein ernsthafter Schaden war an der Propellerinsel nicht entstanden. Wahrlich, das neue Jahr fing gut an! Der Wachtposten wollte von dem Dampfer englische Worte gehört haben. War man also mit einem britischen Schiff zusammengestoßen. Das wäre mehr als peinlich,

da Großbritannien ja ohnehin gegen die Existenz von Standard-Island wetterte.
Da man absolut nichts sehen konnte, warteten der Kommodore, dessen Offiziere, der Gouverneur und einige seiner Beamten, dazu noch mehrere Dutzend aufgeregte Bewohner der Stadt, das Morgengrauen ab. Die Luft war nicht mehr so dunstig wie noch Stunden zuvor, der aufgefrischte Wind hatte den Niederschlag weiter ins Meer hinausgetrieben. Zwischen den Wolkenfeldern leuchtete die Sonne hervor.
Nun erst ließ sich der angerichtete Schaden ganz übersehen.
»Wir werden die gesamte Stadt von Grund auf reinigen müssen«, sagte Cyrus Bikerstaff auf dem Weg zum Rammsporn.
Für diese Sauberkeits-Aktion fehlte es auf Standard-Island weder an Geld noch an Zeit. Die Besichtigung des Rammsporns ergab, daß die Propellerinsel keinen Schaden an der Außenwand erlitten hatte. Es war nur sonderbar, daß von dem gerammten Dampfer keine Spur geblieben war. Selbst mit den besten Fernrohren konnte nichts wahrgenommen werden. Das Meer war verlassen wie eh und je.
»Wir werden trotzdem nach etwaigen Überlebenden suchen«, entschied der Kommodore und gab Befehl, die Maschinen zu stoppen. Auch die Motorboote wurden zu Wasser gelassen. Sie suchten das Meer in einem Umkreis von 8 bis 9 km ab, aber ohne jeden Erfolg.
»Volldampf voraus!« befahl Ethel Simcoe, der davon überzeugt war, daß der Dampfer mit Mann und Maus in den Fluten versunken war. Die Wachtposten wurden angehalten, äußerst genau zu beobachten und jede verdächtige Erscheinung sofort zu melden.
Die Mittagsbeobachtung ergab, daß Standard-Island sich 220 km südwestlich von Samoa befand.
Gegen 17 Uhr wurden Rauchwolken im Südosten gemeldet. Da die Seekarten keine Inseln in diesem Gebiet verzeichneten, konnte es sich nicht um einen tätigen Vulkan handeln. Um 18 Uhr machten die Wachtposten 3 in Linie fahrende Schiffe unter Volldampf aus. Kriegsschiffe! Eine halbe Stunde später erkannte man, daß es sich um jenes britische Geschwader handelte, das seinerzeit ohne zu grüßen Standard-Island passiert hatte.
»Ihre Positionslampen deuten darauf hin, daß sie uns dieses Mal wahrnehmen«, sagte Kommodore Simcoe gelassen.

»Na, wir werden ja sehen!«
Am anderen Morgen mit Sonnenaufgang wehte schon die Flagge des Konteradmirals am Besanmast des führenden Kreuzers, der sich 3 km vom Backbordhafen unter Dampf hielt. Jetzt stieß ein Boot ab und kam auf den Hafen zugefahren. Eine Viertelstunde darauf erhielt Kommodore Simcoe folgende Depesche:
Kapitän Turner vom Kreuzer Herald, *Generalstabschef des Admirals Sir Edward Collinson, verlangt, unverzüglich zum Gouverneur von Standard-Island geführt zu werden.*
Cyrus Bikerstaff wurde unterrichtet, er erteilte Landeerlaubnis und bat den Kapitän in sein Haus.
10 Minuten später brachte ein Wagen den Generalstabschef und einen seiner Leutnante zum Stadthaus. Der Gouverneur empfing die Abordnung im Salon. Die Begrüßung war korrekt, aber kühl. Dann begann Kapitän Turner in etwas theatralischer Haltung und mit Worten, die er aus einem Werk der neuesten Literatur auswendig gelernt haben mußte, eine endlose Phrase:
»Ich beehre mich, Seiner Exzellenz dem Gouverneur von Standard-Island unter 117° 13' westlich des Meridians von Greenwich und unter 16° 54' südlicher Breite, zur Kenntnis zu bringen, daß in der Nacht vom 31. Dezember zum 1. Januar der zum Hafen von Glasgow gehörige Dampfer *Glen,* 3500 t groß und mit wertvoller, aus Getreide, Indigo, Reis und Wein bestehender Fracht, von Standard-Island, dem Eigentum der Standard-Island Company mit dem Sitz an der Magdalenenbucht, Niederkalifornien, Vereinigte Staaten von Amerika, angefahren worden ist, obgleich genannter Dampfer seine Positionslampen, und zwar mit weißem Licht am Fockmast, grünem Licht am Steuer- und rotem Licht am Backbord, vorschriftsmäßig führte, und daß er, nachdem er von dem Zusammenstoß wieder klar geworden war, am nächsten Morgen 35 Meilen von der Unfallstelle, mit einem großen Leck am Backbord nahe dem Untergang getroffen wurde, bald darauf aber wirklich versunken ist, nachdem er zum Glück seinen Kapitän nebst Offizieren und Mannschaft an Bord des *Herald* retten konnte, eines erstklassigen Kreuzers Ihrer Majestät, segelnd unter der Flagge des Konteradmirals Sir Edward Colinson, der das Geschehene Seiner Exzellenz dem Gouverneur Cyrus Bikerstaff hiermit zur Kenntnis bringt, von ihm die Anerken-

nung der Verantwortlichkeit der Standard-Island Company ltd. unter Garantie der Einwohner des genannten Standard-Island gegenüber den Reedern des genannten *Glen* erwartet, dessen Wert an Rumpf, Maschinen und Fracht 120 000 Pfund Sterling oder 6 000 000 Dollar beträgt, welche Summe zu Händen des genannten Admirals Sir Edward Collinson abzuführen ist, widrigenfalls er sich gezwungen sähe, gegen genanntes Standard-Island Gewalt anzuwenden!«

Uff!

Der Gouverneur war sich im ersten Augenblick nicht im klaren, wie er reagieren sollte. Es kam zu einem kurzen Wortwechsel der beiden Männer, wobei Kapitän Turner nicht von seinem hochgeschraubten Sprechstil abging.

»Ich kann Ihnen nichts anderes sagen, als daß ich als Gouverneur die Sache zur Kenntnis genommen habe«, erwiderte Bikerstaff.

»Ist das das letzte Wort Eurer Exzellenz?«

»Mein letztes Wort! Ich kann mich für die Verantwortlichkeit der Company nicht engagieren!«

Die beiden Männer gingen kühl, aber korrekt auseinander. Kapitän Turner wurde mit dem Wagen zum Hafen gefahren, von dort ließ er sich mit dem Boot übersetzen.

Die Stadt-Vollversammlung billigte die Entscheidung von Cyrus Bikerstaff. Keiner der Leute dachte auch nur im Traum daran, sich diesen britischen Forderungen zu beugen. Kommodore Simcoe gab Befehl, mit Höchstgeschwindigkeit weiterzufahren. Aber wie entschied sich der Admiral?

Um 9.45 Uhr krachte ein Warnschuß aus dem Mittelturm des *Herald*, gleichzeitig stieg am Mast die Flagge Großbritanniens hoch. Dieses Mal waren Jem Tankerdon und Nat Coverley einer Meinung: kein Widerstand! Er könnte mit der Zerstörung der Insel enden! Jetzt krachte ein zweiter Schuß. Ein schweres Geschoß pfiff durch die Luft und schlug eine halbe Kabellänge jenseits der Propellerinsel ins Meer, wo es explodierte und ungeheure Wassermassen in die Luft schleuderte.

Auf Befehl des Gouverneurs ließ der Kommodore die Flagge Standard-Islands wieder einholen.

Kapitän Turner erschien noch einmal im Backbordhafen. Cyrus Bikerstaff händigte ihm an Ort und Stelle eine von ihm unterzeichnete Anweisung über die Summe von 120 000 Pfund Sterling aus.

3 Stunden später verschwanden die letzten Rauchfahnen des Geschwaders im Osten. Standard-Island nahm seine Fahrt nach dem Tonga-Archipel wieder auf.

19

»Halten wir an den Hauptinseln von Tonga-Tabu an?« fragte Yvernes den Oberintendanten.

»Ja. Sie werden genügend Möglichkeiten haben, diesen Archipel kennenzulernen.«

»Und werden wir dort besser behandelt als auf den Cook-Inseln?«

»Höchstwahrscheinlich.«

»Werden wir alle Inseln besuchen?«

»Unmöglich, das sind 150!«

»Und wie geht die Reise dann weiter?«

»Kurs auf die Fidschiinseln, danach Neue Hebriden, wenn wir die Malayen dort abgesetzt haben, weiter und zurück zur Magdalenenbucht. Zunächst werden wir vor Vavoa und Tonga-Tabu halten, aber auch hier werden Sie leider keine Wilden, keine Menschenfresser zu Gesicht bekommen.«

»Dann sind diese Burschen ganz ausgestorben?«

»Das nicht! Auf den Neuen Hebriden und den Salomoninseln kommen sie noch in rauhen Mengen vor. Aber auf Tonga sind die Untertanen König Georgs I. zivilisiert, ganz nette Leute. Immerhin würde ich Ihnen nicht raten, falls Sie der Teufel reitet, eine der entzückenden Tongadamen zu heiraten.«

»Und warum?«

»Nur deshalb, weil es 100prozentig schiefgeht!«

»Armer Sebastian Zorn, er wollte doch hier heiraten!« sagte Yvernes.

»Was sagst du da? Ich und heiraten?! Weder hier noch anderswo, wäre schön blöd«, brummte der Cellist.

»Ist er nicht klug und weise, unser Chef«, scherzte Pinchinat.

»Wissen Sie, Calistus, Sie sind mir so sympathisch, daß ich Sie eigentlich Eucalistus nennen möchte.«

»Habe nichts dagegen.«

»Nun also, lieber Eucalistus, unser Musikchef ist wirklich ein Philosoph, und die Philosophie lehrt ja, daß das einzige Mittel, in der Ehe glücklich zu leben, das ist, überhaupt nicht verheiratet zu sein.«

Früh am 6. Januar tauchten die ersten Berge von Vavao, der bedeutendsten Insel der nördlichen Gruppe, am Horizont auf. Sie ist, anders als etwa Hapai oder Tonga-Tabu, rein vulkanischen Ursprungs. Alle 3 Inseln liegen zwischen dem 17. und 22. Grad südlicher Breite und dem 166. und 168. Grad westlicher Länge auf einer Fläche von insgesamt 2500 km². In diesen Gebieten kreuzten 1643 die Schiffe Tasmans und 1773 die von Cook, der sich gerade auf seiner 2. Entdeckungsfahrt im Großen Ozean befand. Nach dem Sturz der Dynastie der Finare-Finare und der 1797 beschlossenen Gründung eines Bundesstaates dezimierte ein Bürgerkrieg die Bevölkerung des Archipels beträchtlich. Zu dieser unruhigen Zeit kamen einige Methodisten-Missionare hierher. Und das Ergebnis? Heute untersteht das gesamte Gebiet König Georg. Aber ... Diese 3 Punkte sollen die Bedenken gegen das englische Protektorat andeuten. Die Zukunft dieser Gebiete jedenfalls sieht anders aus! Trotz des rein vulkanischen Gesteins dieser Insel war es unwahrscheinlich, daß der fürchterliche Aschen- und Schlackenregen vor einigen Tagen von Vavao seinen Ausgang genommen hatte.

Vavao war erst vor wenigen Jahren durch einen Wirbelsturm zerstört worden. Aber das Land mit seinen zahlreichen Dörfern, Orangenhainen, Zuckerrohrplantagen, Bananen-, Maulbeer-, Brotbaum- und Sandelholzwäldern hatte nichts an Reiz eingebüßt. Die kräftig gebauten Männer tragen einen einfachen Lendenschurz, die Frauen den Caraco und einen kurzen, mit feinen getrockneten Rindenstücken verzierten Rock. Beide Geschlechter legen besonderen Wert auf die Haarfrisur.

Die Musiker gingen einige Male an Land, um sich umzuschauen. Natürliche Berge, wirkliche Felder und Flüsse – das war doch etwas anderes als die künstlichen Anlagen von Standard-Island, auch wenn Eucalistus Munbar nicht davon zu überzeugen war. Nach 8 Tagen glitt die Propellerinsel langsam weiter. Sie schlängelte sich geschickt durch den Inselteppich, der von vielen kleinen Booten, meist unter deutscher Flagge, befahren und beaufsichtigt wurde. Im Notfall konnten sie auch als Lotsen behilflich sein. Aber Kommodore Simcoe verließ sich auf sein Geschick und seine Offiziere, die jeden seiner Befehle sorgfältig ausführten.

Am 9. Januar kam Tonga-Tabu in Sicht, eine sehr flache Insel mit etwa 2000 Einwohnern. Kommodore Simcoe hielt vor dem Hafen von Maofuga. Elisée Reclus hatte von dieser Insel geschwärmt, daß es den Musikern noch jetzt in den Ohren klingelte. Obwohl es sehr warm war, obwohl die Luft schwül war und heftige Regenschauer drohten, wollten Frascolin, Yvernes und Pinchinat – Sebastian Zorn war nicht von der Stelle zu bewegen – einen Ausflug wagen. Auch Eucalistus Munbar entschuldigte sich.
»Ich würde unterwegs zergehen!«
»Wir bringen Sie schon nach Hause, und sei es auch auf Flaschen gezogen«, antwortete Pinchinat.
»In flüssigem Zustand fühle ich mich nicht ganz so wohl, Sie müssen schon entschuldigen.«
Sehr früh am anderen Morgen brachen die 3 Musiker auf. Unter den Blättern der Kokospalmen, Lakilakis und Tui-tuis war die Hitze erträglicher.
Durch Zufall begegneten sie auch Seiner Majestät König Georg, er im weißen Hemd und einem Bundrock. Sie konnten so darauf verzichten, ihm, wie es Landessitte ist, die Füße zu küssen. Das hätte sicherlich zu den unangenehmsten Erinnerungen der Reise gehört.
Auf der Insel gibt es nicht einen Fluß oder Bach. Die Eingeborenen sammeln das Regenwasser in Kanistern, c'est tout!
Sehr ermüdet kehrten die 3 Touristen von ihrem Spaziergang heim. Ihrem Cellisten versicherten sie, daß der Ausflug hochinteressant gewesen sei.
»Wen juckt's!« brummte Sebastian Zorn.
Doch alle Hymnen auf diesen Archipel konnten ihn nicht dazu bewegen, am nächsten Tag mit den anderen Musikern das Dorf Mua zu besuchen. Am Nachmittag des nächsten Tages trafen sie dort ein. Sie mußten in Mua übernachten und suchten deshalb den katholischen Missionar auf, der sich über den Besuch hocherfreut zeigte. Der führte sie durch die Gegend, die alten Gräber von Tui-Tonga, durch die uralten Anpflanzungen von Meas, Bananen und monströsen Feigenbäumen mit schlangenhaft verschlungenen Wurzeln, Baumriesen, die mitunter einen Umfang von 60 m haben. Frascolin zog sein Tascnenbuch heraus und schrieb sich die Zahl auf, damit später keiner an dieser zweifeln konnte.
Nach einem reichlichen Abendessen begaben sie sich auf ihre

Zimmer. Die Nacht verlief ruhig. Am anderen Morgen, nach dem Frühstück, verabschiedeten sich die 3 Musiker von ihrem Gastgeber und kehrten nach Standard-Island zurück. Am folgenden Tag erhielt Cyrus Bikerstaff von Kapitän Sarol Besuch. Er teilte ihm mit, daß etwa 100 Malaien von den Neuen Hebriden geholt worden seien, um Tonga-Tabu urbar zu machen. Sie hätten ihre Arbeit nun beendet und warteten auf eine Gelegenheit zur Heimfahrt.

»Wäre es nicht möglich, diese Malaien mitzunehmen? Das würde doch das städtische Budget nur unwesentlich belasten. In 5–6 Wochen sind wir ohnehin schon in Erromango.«

Der Gouverneur ließ sich überreden. Die Malaien dankten ihm für seine Hilfsbereitschaft. Für den nächsten Tag war die Abfahrt geplant. Am gleichen Tag nachmittags wohnten die Milliardeser einem Fest bei, das von den Eingeborenen veranstaltet wurde. Eucalistus Munbar begleitete die Musiker plus Sebastian Zorn und Athanase Dorémus zu den Tanz- und Musikfestlichkeiten. Als sie ankamen, war das Fest bereits in Gang. Ein originelles Orchester spielte auf, komische Flöten, Fanghu-Fanghu genannt, und 12 Nafas, Trommeln, die kräftig bearbeitet werden.

Die Eingeborenen tanzten wie wild. Dorémus erkannte keine bestimmten Figuren, weder Polka, noch Walzer, noch eine Quadrille. Die einen tanzten im Sitzen, andere wieder pantomimisch, schließlich sprangen alle wie vom Medizinmann geimpft herum. Verschiedene Bewegungen sollten wahrscheinlich den Kampfesmut dieser Eingeborenen auf dem Kriegspfad darstellen. Wie auch immer, Dorémus rümpfte die Nase, während Yvernes begeistert war.

»Was würden die zu europäischer Tanzmusik sagen?«

»Lassen wir uns doch einfach unsere Instrumente kommen und dudeln drauflos, mal sehen«, schlug Pinchinat vor. Eine halbe Stunde später waren die Instrumente da. Die Eingeborenen staunten und freuten sich zugleich über diese für sie fremde Musik. Schließlich stimmten auch die Trommeln und die Flöte in die Offenbachmelodien ein, was einen Höllenlärm machte.

Da stürzte sich plötzlich ein kräftig gebauter, muskulöser Tongier auf Sebastian Zorn, entriß ihm das Cello und entfloh mit den Worten:

»Tabu ... Tabu ...!«

Das Cello war tabuiert! Niemand durfte es, ohne eine Heiligtumsschändung zu begehen, anrühren.
Sebastian Zorn sprang ebenfalls auf und jagte seinem teuren Gand & Bernardel-Cello nach. Da mischten sich auch die Eingeborenen ein, alles stürmte und hastete wild durcheinander. Der Tongier raste so schnell, daß keiner ihn einholen konnte. Er war wie vom Erdboden verschwunden. Atemlos kehrten Zorn und die anderen zu Eucalistus Munbar zurück. Sebastian Zorn kochte vor Wut! Er erstickte fast vor Empörung!
»Tabuiert oder nicht tabuiert, der Teufel soll diese Idioten holen, ich will mein Cello wiederhaben!«
Und wenn Standard-Island eine Kriegserklärung gegen Tonga-Tabu erlassen muß, das teure Instrument muß wieder her.
Zum Glück nahmen sich die Inselbehörden der Sache an, nach einer Stunde war der Tongier entdeckt, gefangen und das Cello wieder bei seinem Eigentümer.
Zorn tastete es mit den Fingerspitzen ab. Es war heil geblieben! Nur die Saiten waren etwas verstimmt.

20

Von Tonga-Tabu aus steuerte Kommodore Simcoe die stählerne Propellerinsel nach Nordwesten auf die 300 km entfernt liegenden Fidschi-Inseln zu. Der Wind schlug häufig um, was jedoch niemand beunruhigte. Über Milliard-City konnten die heftigsten Gewitterstürme niedergehen, jeder Bewohner kannte die Sicherheit von Standard-Island; die ja schließlich mit ein Grund war, sich hier niederzulassen.
Cyrus Bikerstaff brauchte es nicht zu bereuen, die 100 Malaien an Bord genommen zu haben. Sie machten sich auf den Feldern nützlich. Sarol und dessen Matrosen waren immer bei ihnen.
Aber die Stunde des Verderbens rückte immer näher! Dann mußte ihre urtümliche Wildheit und Brutalität, dieses mörderische Erbe ihrer Vorfahren, voll durchbrechen. In Milliard-City fühlte man sich sicher. Das Konzert-Quartett erntete wieder und wieder Triumphe vor ausverkauften Häusern. Auch die Konzertabende von Mrs. Coverley waren gut besucht; unter anderen wurde auch Walter Tankerdon eingeladen.

Man sprach bereits offen von der zukünftigen Heirat der beiden Kinder, als Gerücht kursierten sogar schon die Namen der Trauzeugen.
Am Nachmittag des 16. Januar, mitten auf der Straße Tonga-Tabu und Fidschi, wurde ein Schiff im Südosten signalisiert. Es schien auf den Steuerbordhafen zuzusteuern. Der 700–800 t schwere Dampfer hatte nicht geflaggt. Vielleicht war es wieder einer jener unfreundlichen Dampfer, die keinen Salut schossen.
»Warten wir ab!« entschied Kommodore Simcoe und gab seinen Offizieren und den Wachen Order, scharf aufzupassen. Die Nacht war dunkel, mondlos und gewittrig. Grelle Blitze zuckten über den Himmel und rissen für Sekunden die schwere Wolkendecke auf. Donnerschläge krachten, aber kein Tropfen Regen fiel hernieder. Am nächsten Morgen war Milliard-City eine Beute des Schreckens!
Wie ein Lauffeuer verbreitete sich die Nachricht, daß in der Nacht etwa 50 Schafe zerfleischt wurden. Waren Raubtiere an Bord? Löwen, Panther, Tiger? Wie sollten die Tiere denn über das Wasser gekommen sein? Außerdem lag Standard-Island ja augenblicklich nicht vor Afrika oder Indien! Eine Stunde später meldeten die Wachen, daß einige Raubtiere, Tiger, Löwen und Panther, über die Felder streiften.
Aus allen Richtungen liefen die aufgeschreckten Haustiere zusammen, die Trambahnwagen konnten sich gerade noch ins Depot zurückziehen. Kein Zweifel, Standard-Island war in der Nacht von einer Raubtierherde überfallen worden.
»Raubtiere an Bord? Da müßt ihr euch schon einen besseren Witz ausdenken!« spottete Pinchinat, als er von der Neuigkeit erfuhr. Aber er mußte sich bald eines Besseren belehren lassen.
Der Gouverneur handelte umgehend: die Stadttore wurden geschlossen, die Eingänge zu den beiden Hafenanlagen und die Türen der am Ufer liegenden Zollämter verrammelt, der gesamte Tramwagenverkehr lahmgelegt, über Milliard-City eine Ausgangssperre verhängt.
Die Zeitungsleute auf Standard-Island rieben sich die Hände vor Freude, obwohl auch ihnen der Schreck in den Gliedern saß. Endlich gab es einmal etwas Aufregendes zu berichten!
Die Häuser und Hotels waren fest verschlossen, die Schaufenster abgeblockt, die Türen mehrfach verriegelt. Auf den wie ausgestorben wirkenden Straßen patrouillierten nur die unter

dem Befehl von Colonel Stewart stehenden Beamten der Polizei und Miliz. Cyrus Bikerstaff hatte die Stadt-Vollversammlung einberufen. Keiner verließ den Saal. Die Telephone liefen sich heiß. Immer wieder wurden beunruhigende Nachrichten durchgegeben. Die Todesangst multiplizierte die tatsächlich vorhandene Zahl der Raubtiere. Bald waren es 100, bald 1000! Sicher war nur, daß sich Tiere an Bord befanden.
Die Honoratioren warfen sich Fragen über Fragen an den Kopf, keiner der Leute wußte eine treffende Antwort. Schleierhaft blieb, wie es den Raubtieren gelungen war, hierher zu kommen. Durch das Telephon erfuhr man, daß von einer Kollision oder Schiffbruch mit dem gestern ausgemachten Dampfer keine Rede sein konnte. Die Wachen hätten sonst etwas bemerkt!
Die Musiker saßen im Kasino und speisten mit Athanase Dorémus. Der war von einem Spaziergang ins Kasino geflüchtet.
»So schlimm wird's nicht werden«, sagte Pinchinat und biß in ein Schokoladejournal, das er zu Ende gelesen hatte.
»Jetzt habt ihr eure Kannibalen in Form von wilden Tieren«, zeterte Zorn.
Inzwischen berieten die Honoratioren weiter. Die ersten eiligen Entschlüsse Cyrus Bikerstaffs wurden einstimmig gebilligt. Bis auf weiteres ruhte also der Verkehr.
»Unsere Polizisten und die Miliz werden Treibjagden veranstalten. Wer in dieser Sache einige Erfahrung hat, soll sich bitte melden und daran teilnehmen«, erklärte Bikerstaff.
»Ich bin bereit«, sagte Jem Tankerdon sofort, »und mein ältester Sohn wird mich begleiten!«
»Ich hole nur mein Gewehr und schließe mich dann der Miliz an«, antwortete Nat Coverley.
»Wir kennen die genaue Zahl der Tiere nicht. Aber binnen kurzem müssen sie alle vernichtet sein«, mahnte Cyrus Bikerstaff.
»Na, so viele können es auch wieder nicht sein. Die Tiere müssen von einem Schiff kommen, eine andere Möglichkeit ist undenkbar!«
»Erst rotten wir die Tiere aus, dann werden wir die Ursache des Schreckens untersuchen.«
Man wollte bereits auseinandergehen, um sich an der Treibjagd zu beteiligen, da bat Hubley Harcourt um das Wort.
»Lassen Sie mich nur einen Gedanken noch hinzufügen, bevor

Die Tramwagen konnten gerade noch ins Depot zurückfahren.

wir auseinandergehen. Gestern nachmittag haben die Wachen ein Schiff ausgemacht, das seine Nationalität nicht zu erkennen gab. Dieses Schiff muß eine Ladung Raubtiere an Bord gehabt haben . . .«
»Das liegt auf der Hand«, unterbrach Nat Coverley.
»Ich glaube nicht, daß die Tiere durch ein Seeunglück an Bord gekommen sind!«
»Aber das hieße, es geschah mit Absicht?« fragte Jem Tankerdon aufgeregt.
»Ohh, hört, hört«, tönte es aus der Versammlung.
»Ich schlage vor, unseren Erzfeind John Bull für diese Sache verantwortlich zu machen. Den Engländern ist ja sowieso jedes Mittel recht, Standard-Island vom Meer zu radieren.«
Das war Wasser auf die reichen Mühlen der hier anwesenden Honoratioren.
»Ich erinnere mich an eine ähnliche Sache, die sich fast unter den gleichen Bedingungen abspielte, und die Engländer konnten sich davon nie ganz reinwaschen.«
»Obgleich sie genügend Wasser haben.«
»Seewasser taugt nicht zum Reinigen!«
»Das Meer wird auch den Blutfleck von der Hand der Lady Macbeth nicht entfernen!«
So gingen die Reden hin und her. Die Männer waren aufgebracht.
»Denken Sie daran«, sagte Houbly Harcourt, »daß die Antillen nicht eine Schlange aufwiesen, als die Engländer dort herrschten. Als sie diese aber an die Franzosen abtreten mußten, wimmelte es auf einmal von Schlangen! Das war die Rache John Bulls. Er hat die Tiere herantransportieren lassen!«
»Wenn es den Franzosen auch nicht gelungen ist, Martinique von den eingeschleusten Nattern zu säubern, so werden wir die Tiere eins nach dem anderen umlegen«, sagte Jem Tankerdon, »sie werden Standard-Island keinen Schaden zufügen.«
Die Versammlung tobte vor Begeisterung.
»Los geht's. Und vergessen Sie nicht, daß wir zwar auf Löwen und Tiger Jagd machen, aber die Engländer meinen!!«
Laute Hurras schallten durch den Raum, die Männer waren erregt und aufgebracht.
Eine Stunde später berichteten bereits die Zeitungen über die Debatte der Vollversammlung. Man wußte nun, wer die Tiere hier eingeschleust hatte.

»Verflucht sei England!« tönte es aus den Häusern.
»Ich scheiße auf die Krone, auf England und alle Kolonien!« schallte es hinter den goldbrokatenen Vorhängen hervor.

21

Ein stählernes Wunderschiff, eine gegen Stürme und Katastrophen gefeite Milliardeninsel, eine Oase der Ruhe, der Zufriedenheit, des Reichtums, ein künstliches Paradies, das, um sich gegen Epidemien und Überfälle zu schützen, sich nie ganz an die Inseln des Meeres heranwagte, eine Propellerinsel, die friedlich über den Ozean glitt – und nun dieser internationale Affront! Die Standard-Island Company hatte allen Grund, sich beim Internationalen Schiedsgericht zu beklagen und die Verurteilung Englands zu beantragen! Wenn jemals eindeutige Beweise gegen Großbritannien vorlagen, dann ... Von der im ersten Schrecken geäußerten Absicht einiger Bewohner, sich auf die in den beiden Häfen liegenden Schiffe zu flüchten, war jetzt keine Rede mehr. Der Entschluß, die Tiere auszurotten, war von den Zeitungen in dicken Schlagzeilen publiziert worden, er beruhigte die Gemüter etwas.
Auch die Malaien unter Sarol hatten ihre Mithilfe angeboten, sie wollten sich ihren Gastgebern erkenntlich zeigen.
Sarol befürchtete zu Anfang, die Milliardeser würden ihre Propellerinsel schlagartig verlassen, um vor den wilden Tieren in Sicherheit zu kommen, sie würden die Fahrt nach den Neuen Hebriden stoppen und umkehren. Das hätte ihm einen dicken Strich durch die blutige Rechnung gemacht!
Die Treibjagden begannen sofort. Am ersten Tag erlegten Sarol und seine Matrosen 2 Krokodile, die sich aus dem Serpentinenfluß hatten herauslocken lassen. 10 andere, z. T. 4 m lange Tiere wurden lediglich gesehen. Sie verbargen sich im Wasser. Aber die Wachen hielten explodierende Kugeln bereit.
Jäger durchstreiften in einzelnen Abteilungen die Felder. Jem Tankerdon erlegte einen Löwen, ein prächtiges, gut und gern 6000 Francs teures Exemplar, das sich gerade auf das eifrig mitjagende Streichquartett stürzen wollte. Pinchinat behauptete, »beim Vorüberfliegen den Wind von seinem Schwanz gefühlt zu haben«.

Nachmittags, als ein Mann der Miliz eine Bißwunde an der Schulter erlitt, streckte der Gouverneur eine Löwin zu Boden.
Der Kommodore tötete einige Tiger mit seiner Truppe. Einer der Matrosen bekam dabei einen schweren Tatzenschlag ab, er mußte sofort nach Steuerbord gebracht werden. Mit Einbruch der Dämmerung zogen sich die eingekesselten Tiere in ein dichtes Gehölz nahe der Kanone zurück. Am anderen Tag sollten sie herausgetrieben und erlegt werden.
Während der ganzen Nacht war das Brüllen und Heulen der hungrigen Tiere zu hören. Die Frauen und Kinder in Milliard-City drückten kein Auge zu.
In aller Frühe begannen die Treibjagden erneut. Jetzt sollte auf Befehl des Gouverneurs auch Artillerie verwendet werden, um die Tiere aus dem Dickicht zu fegen. Kommodore Simcoe gab Zeichen, dann krachten 2 Geschütze ihre Munition auf die Tiere ab. 20 Raubtiere stürzten aus dem Gebüsch heraus, das Streichquartett erlegte 2 davon. Ein Tiger schleuderte Frascolin zu Boden, aber der war nur bewußtlos und kam rasch wieder zu sich. Der Hund Nat Coverleys wurde von einem Reptil zerfleischt. Das beantwortete die Miliz mit einem Kugelhagel. Einige Krokodile (wie viele gab es auf Standard-Island?) verendeten wild um sich schlagend. Die Jagdausbeute dieses Tages belief sich auf 6 Löwen, 8 Tiger, 5 Jaguare und 9 Panther.
Am Abend saß das Quartett im Casino beisammen.
»Das Schlimmste haben wir wahrscheinlich überstanden«, sagte Yvernes.
»Hoffen wir's, keiner weiß ja, wie viele Tiere an Bord sind!« erwiderte Pinchinat.
»Es wird hoffentlich keine Arche Noah sein!« brummte Sebastian Zorn.
Die Nacht verlief relativ ruhig. Nur dann und wann drang von den Feldern ein Heulen und Brüllen herüber.
Im ersten Morgengrauen traten die verschiedenen Treibjäger erneut zusammen. Selbstverständlich waren alle Maschinen gestoppt worden, Standard-Island lag bewegungslos im Meer. Auch die Maschinisten nahmen an den Jagden teil. Zu je 20 Mann und mit Schnellfeuergewehren versehen, durchstreiften die einzelnen Abteilungen die ganze Insel. Die Raubtiere hatten sich zerstreut, der Einsatz der beiden Geschütze war des-

Kapitän Sarol und seine Malaien töteten die Krokodile.

halb unnötig. 13 Tiere starben unter wohlgezielten Kugeln in der Nähe der Achterbatterie. 2 Zollbeamte wurden schwer verletzt. Die Zahl der getöteten Tiere stieg auf 53.
Es war 4 Uhr morgens. Cyrus Bikerstaff, Kommodore Ethel Simcoe, Jem Tankerdon und sein Sohn, Nat Coverley sowie einige Beamte der Verwaltung gingen, begleitet von einer Abteilung der Miliz, zurück zum Stadthaus, um durch das Telephon neue Nachrichten entgegenzunehmen. Da ertönte plötzlich lautes Geschrei. Männer, Frauen und Kinder flohen in panischem Schrecken über die 9. Avenue. Der Gouverneur eilte zum Mitteltor, das eigentlich hätte geschlossen sein müssen. Da wurde Walter Tankerdon von einem Tiger zu Boden geworfen.
Nat Coverley, der keine Zeit hatte, sein Gewehr durchzuladen, riß das Jagdmesser aus dem Gürtel und eilte Walter Tankerdon zu Hilfe. Da wandte sich der Tiger seinem neuen Angreifer zu. Nat Coverley stieß das Messer ins Fleisch, traf aber nicht das Herz und wurde ebenfalls zu Boden gerissen.
Der Tiger wich für eine Sekunde brüllend und zähnefletschend zurück. Da krachte ein Schuß! Jem Tankerdon hatte gefeuert. Dann eine Detonation! Der Tiger explodierte! Walter Tankerdon war an der Schulterpartie verletzt, Nat Coverley hatte Glück gehabt und schritt auf Jem Tankerdon zu.
»Sie haben mir das Leben gerettet, ich danke Ihnen!« Sie reichten sich die Hände.
Walter Tankerdon wurde sofort nach Hause transportiert. Nat Coverley wurde von Cyrus Bikerstaff heimbegleitet.
In den nächsten Tagen suchten sich Mrs. Tankerdon und Mrs. Coverley gegenseitig auf, um sich zu bedanken. Was das letzte Raubtier angeht, so inspirierte es Eucalistus Munbar zu einer Idee!
Das Tier sollte ausgestopft und präpariert werden, und anschließend im naturwissenschaftlichen Museum von Milliard-City ausgestellt werden. Die Inschrift sollte lauten:

Geschenk des Vereinigten Königreichs Großbritannien
und Irland
an das dankbare Standard-Island

22

Die Fahrt ging weiter. Die Propellerinsel erreichte schließlich wohlbehalten die Inselgruppe der Fidschis.
»Ich fürchte, auch diese Wilden sind aufs Niveau von Hühnerfrikassee heruntergekommen«, sagte Pinchinat.
»Du hättest verdient, dem König Thakumbau serviert zu werden, Entrecôte Pinchinat à la Bordelaise.«
»Laßt das blöde Gequatsche«, schimpfte Sebastian Zorn, dem die Vorliebe für Kannibalismus auf die Nerven ging.
Die Musiker ließen sich wie viele andere Bewohner an Land fahren. Die Verwaltungsbeamten setzten sich mit den einheimischen Behörden in Verbindung. Die *Papalangis*, so nennt man hier die Fremden, brauchten demnach keinen schlechten Empfang zu befürchten. Der englische Generalkonsul wurde von Cyrus Bikerstaff nicht besucht. Mit dem deutschen Konsul, gleichzeitig dem größten Händler des Landes, kam es zu dem üblichen Austausch der Karten. Während des Aufenthaltes unternahmen die Familien Tankerdon und Coverley gemeinsame Ausflüge. Die beiden Kinder schlenderten Arm in Arm hinterher.
Kapitän Sarol und die anderen Malaien gingen nicht an Land, sie kannten diese Gebiete. Sie wurden nicht müde, Standard-Island zu durchwandern und sich alles genau anzuschauen. Manchmal plauderten die Musiker mit Sarol, er erzählte dann begeistert von den Neuen Hebriden, von den Eingeborenen dort, von ihrer Kochkunst.
Am 30. Januar, gegen 6 Uhr früh, brachen die Musiker in einem vom Gouverneur bereitgestellten Motorboot zu einer größeren Fahrt die Rewa hinauf auf. Mit von der Partie waren außer den 4 Musikern ein Steuermann, ein Mechaniker, 2 Matrosen und ein einheimischer Lotse. Athanase Dorémus hatte auf das Angebot verzichtet, weil er Unterricht geben wollte.
»Auweia, hier gibt es nicht nur verdammt viele Klippen, sondern auch Haifische.«
»Salzwasserkannibalen!«
»Wahrscheinlich hat man sie auch zum Christentum bekehrt!«
Der Lotse kannte die Bay und den Rewalauf genau. Auf diesem Fluß, er wird auch Wai-Levu genannt, macht sich die Flut bis 45 km landeinwärts bemerkbar. Boote können gute

80 km hinauf fahren. Die Rewaufer sind sandig und flach, dahinter wachsen Bananen und Kokospalmen. Das Boot glitt durch das Flußdelta und erreichte das Dorf Komba. Um aber die Flutwelle auszunützen, hielt man weder hier noch in Naitasiri an. Der Lotse machte die Musiker auf einen hohen Baum, einen Tavala, aufmerksam.

»Sieht doch ganz gewöhnlich aus«, sagte Frascolin enttäuscht.

»Die Rinde ist von oben bis unten mit Schnitten versehen. Jeder Schnitt bedeutet einen Menschen, der an dieser Stelle gekocht und gefressen wurde.«

»Verdammt, jetzt wird's Ernst.«

»Es hat sogar mal einen Häuptling namens Ra-Undrenudu gegeben, der vor seiner Hütte Steine aufschichten ließ. Als er starb, waren es 822 Steine.«

»Und was bedeuteten sie?«

»Jeder Stein bedeutete einen Menschen!«

»Ganz allein hat er so gespachtelt?«

»Ganz allein 822 Menschen!«

»Muß einen guten Appetit gehabt haben.«

Um 11 Uhr wurde das Dorf Naililii durch das Gebüsch und die Uferbäume sichtbar. Sie hörten eine Glocke, man beschloß deshalb, dem Missionar kurz die Hand zu schütteln. Der Lotse steuerte an Land.

Der etwa 50jährige Missionar freute sich unbändig über den Besuch und bestand darauf, seinen Gästen eine landesübliche Erfrischung zu reichen, ein Getränk, das durch das Abkochen einer speziellen Muschelart gewonnen wird.

»Wenn Sie noch weiter landeinwärts wollen, dann nehmen Sie sich in acht.«

»Da habt ihr's!« schimpfte Zorn.

Gegen Mittag verabschiedeten sie sich. Unterwegs traf das Boot auf einige Auslegerpiroguen, die mit Bananen überhäuft waren, mit Geld gewissermaßen, denn hier galt die Frucht als Münze. Die Ufer waren übersät mit Lorbeerbäumen, Akazien, Zitronenbäumen und blutrot blühenden Kakteen. Um 13 Uhr hatten die Musiker ihr Ziel auf der Rewa erreicht. In 2 Stunden wollte man mit der Ebbe wieder zurückfahren.

1 km vom Ufer entfernt liegt das Dorf Tampoo. Der Maschinist und die beiden Matrosen blieben beim Boot, der Lotse führte die Musiker zum Dorf. Hier war die religiöse Propaganda auf taube Ohren gestoßen, in diesem Gebiet herrschten

noch Wundermänner, hier gab es Hexereien, genannt: Vada-Ndranni-Kan-Tacka, was soviel heißt wie: die Beschwörung durch Baumblätter. Man verehrte hier die Katoavus, Götter, deren Existenz weder Anfang noch Ende hat und die keine ihnen dargebrachten Opfer verschmähen. Der Generalgouverneur war bisher gegen diese Rituale machtlos geblieben.

Die Musiker hatten jetzt Tampoo erreicht. Das erste, was sie sahen, waren Frauen – wilde Frauen! Sie trugen nur einen einfachen Lendenschurz und schienen über die Fremden nicht im geringsten erstaunt, sondern arbeiteten weiter. Die Musiker gingen in das Dorf hinein. Die Eingeborenen kümmerten sich nicht um sie. Vor der Hütte des Häuptlings trat ihnen ein hochgewachsener, brutal aussehender Insulaner entgegen. Ihn begleiteten einige Eingeborene, Mitglieder seines Hofstaates. Der Häuptling, mit kalkweißem Gesicht und Staatskostüm (gestärktes Hemd, Gürtel, am linken Fuß einen alten Pantoffel), schritt auf die Papalangis zu, stolperte über einen niedrigen Baumstumpf und schlug der Länge nach hin. Sofort strauchelten seine Begleiter ebenfalls.

»Das verlangt die Etikette, um dem Sturz den Charakter der Lächerlichkeit zu nehmen«, erläuterte der Lotse.

»Nicht schlecht! Komische Sitten gibt es ja auch an europäischen Höfen!«

Der Häuptling erhob sich wieder und wechselte mit dem Lotsen einige Worte in der Landessprache. Das Quartett verstand nur Bahnhof.

»Er fragt, mit welcher Absicht wir hierhergekommen sind«, übersetzte der Lotse.

»Sagen Sie ihm, wir wollen das Dorf nur besuchen und in der Umgebung spazierengehen.«

Der Lotse sagte es dem Häuptling. Nach einigen anderen Fragen erteilte er schließlich die Erlaubnis.

Der Häuptling war weder erfreut noch verärgert über den Besuch. Er machte seinen Leuten ein Zeichen, sie gingen in ihre Hütten zurück.

»Die scheinen nicht bösartig zu sein«, sagte Pinchinat.

»Trotzdem Vorsicht, der Teufel ist ein Eichhörnchen«, erwiderte Frascolin.

Eine Stunde wanderten die Musiker durch das Dorf, dann gingen sie zu einer Tempelruine, wo der Zauberer wohnte.

Er lehnte an der Tür und warf ihnen nicht gerade freundliche Blicke zu.
»Kann man sich mit diesem Onkel mal unterhalten?« fragte Frascolin.
Aber der Zauberer schaute dermaßen grimmig drein, daß sich diese Frage von selbst beantwortete.
Pinchinat hatte sich trotz Warnung von der Gruppe entfernt und wanderte durch ein dichtes Bananengestrüpp.
»Es ist Zeit, zum Boot zurückzugehen, die Ebbe hält nicht ewig!«
Da bemerkten sie das Fehlen des Violerichs.
»Wo ist denn dieser Lämmerschwanz?« schimpfte Sebastian Zorn.
Frascolin rief mehrmals Pinchinats Namen. Aber keine Antwort! Keiner hatte ihn weggehen sehen.
»Vielleicht ist er zum Boot gegangen«, überlegte Frascolin.
»Gehen wir zum Ufer«, sagte der Lotse.
Die um die Bratsche dezimierte Musikergruppe machte sich auf den Rückweg. Sie gingen wieder durch Tampoo.
»Komisch, komisch«, brummte Yvernes.
»Was ist denn?« fragte Frascolin.
»Kein Mensch ist mehr zu sehen, die Frauen haben ihre Arbeit im Stich gelassen, die Hütteneingänge sind allesamt verschlossen!«
»Du hast recht, im Staate Tampoo ist etwas faul!«
»Völlig verlassen, menschenleer!«
Sie kamen zum Ufer, zum Boot mit den 3 Wächtern.
»Unser Kamerad?« fragte Frascolin.
»Kommt er nicht mit Ihnen?« fragte der Maschinist.
»Nein... seit einer halben Stunde ...«
»Ist er nicht hier?« fragte Yvernes.
»Nein!«
Der Lotse verhehlte nicht seine schlimmsten Befürchtungen.
»Wir müssen zum Dorf zurück. Ohne uns ist Pinchinat verloren, wir dürfen ihn jetzt nicht im Stich lassen.«
Nur ein Matrose blieb beim Boot zurück, was vielleicht gefährlich war, aber man brauchte jetzt jeden verfügbaren Mann zur Suche nach Pinchinat.
Wieder ging es nach Tampoo hinein. Immer noch menschenleer! Wo waren die Eingeborenen?

»Ich vermute, daß sie Pinchinat gefangen und irgendwohin geschleppt haben!«
»Aber wohin? Das ist doch jetzt die Frage!«
»Ich hab's immer gewußt! Ihr mit euren Kannibalensprüchen!«
»Die Gegend hier ist so verwildert, waldreich und verhangen, wo soll man da suchen?!«
»Auch keine Fußspuren!«
»Hoffentlich lassen die Eingeborenen unser Boot in Ruhe, sonst können wir Streicher auf dem letzten Loch pfeifen!«
»Beim goldenen Notenständer, jetzt wird es brenzlig.«
Da sagte Frascolin plötzlich:
»Laßt uns nach Standard-Island zurückgehen.«
»Ohne Pinchinat?«
»Du wagst, diesen Vorschlag ernsthaft zu erwägen?«
»Ich sehe keine andere Möglichkeit. Wir müssen dem Gouverneur Bescheid geben. Die Behörden von Viti-Levu müssen schnellstens eingreifen.«
»Bin auch dafür«, stimmte der Lotse zu, »mit der Ebbe kommen wir rasch vorwärts.«
»Das ist das einzige Mittel, Pinchinat zu retten, wenn es nicht sowieso schon zu spät ist.«
Sie liefen zum Ufer, machten das Boot los und fuhren die Rewa hinunter.
Einige im Busch versteckte Fidschianer beobachteten die Männer.
Um 18 Uhr war man im Flußdelta, eine halbe Stunde später im Steuerbordhafen.
Die Fahrt mit dem Tramwagen nach Milliard-City dauerte eine Viertelstunde.
Cyrus Bikerstaff wurde sofort informiert, er begab sich unverzüglich nach Suva und bat den dortigen Generalgouverneur um eine Unterredung, die ihm gewährt wurde.
»Ein ernster Fall«, sagte der Vertreter der Königin, »leider können wir vor morgen früh gar nichts unternehmen. Die Boote kommen gegen die Ebbe nicht an, außerdem ist es nicht unbedingt ratsam, mit einer Hundertschaft anzurücken. Am sichersten wäre es, direkt durch den Wald zu marschieren.«
»Es muß sofort etwas unternommen werden!« forderte Bikerstaff.
»Aber bis ich meine Leute zusammengetrommelt habe ...«

»Lassen Sie nur, ich habe meine bei der Hand. Veranlassen Sie nur, daß einige Milizsoldaten unter Führung eines Offiziers mit uns gehen.«
»Entschuldigen Sie, mein Herr, aber ich bin diesen Ton nicht gewöhnt!«
»Verzeihen Sie. Aber es geht um ein Menschenleben, wir müssen sofort handeln.«
»Und ...?«
»Sie tragen doch die Verantwortung. Unsere Geschütze werden Suva und Umgebung in Grund und Boden schießen, wenn ...«
Das überzeugte den Generalgouverneur.
Eine halbe Stunde später landeten 100 Mann, Seeleute und Miliz, in Suva unter dem Oberkommando von Ethel Simcoe. Er wollte die Operation persönlich leiten. In Biti-Levu schloß sich ihnen eine Abteilung Polizisten an. Auch die Musiker und Oberintendant Eucalistus Munbar waren selbstverständlich dabei.
Der Lotse, der diese Gegend wie seine Westentasche kannte, führte die Mannschaften schnell und auf dem kürzesten Weg in die Gegend von Tampoo.
»Halt!« ertönte der Befehl.
Es war eine Stunde nach Mitternacht!
Aus der Tiefe des undurchdringlichen Waldes leuchteten Feuer auf. Hier hatten sich die Bewohner von Tampoo offenbar versammelt.
Kommodore Simcoe, der Lotse, Eucalistus Munbar und die 3 Pariser schlichen sich etwas weiter in den Wald vor.
Nach etwa 100 Schritten blieben sie wie angewurzelt stehen. Pinchinat hing halbnackt am Marterpfahl, um ihn herum diese Tampoo-Wilden, lärmende Männer und Frauen. Schon schritt der Häuptling auf Pinchinat zu.
»Los!« kommandierte Simcoe seine Leute.
Die Eingeborenen schrien auf, Kugeln pfiffen durch den Busch, es dauerte keine 3 Sekunden und der Platz war wie leergefegt. Die Pariser banden ihren Violerich los. Er fiel erschöpft in ihre Arme. Die Freude kannte keine Grenzen mehr. Tränen und Vorwürfe.
»Gott sei Dank! Was ist dir denn eingefallen, einfach so abzuhauen?« fragte Sebastian Zorn.
»Erzähl' ich euch sofort, aber erst will ich mich mal wieder anständig anziehen. Gebt mir doch meine Sachen!«

»Qöetdhvngkpßetdhrgbcnvmglälswtsrahdncgdhcbxgs-fycsretwi!!!« schrien die Wilden.
Pinchinat verstand kein Wort!

Er zog sich an und bedankte sich dann sofort bei Kommodore Simcoe und dem Oberintendanten.
»Na, da haben Sie Ihren Kannibalismus ja gehabt«, sagte Eucalistus Munbar trocken.
»So richtig überzeugt haben die Kannibalen mich eigentlich nicht, ich habe ja noch meine Beine und Arme am Leib.«
»Hört euch diesen Vogel an!« rief Frascolin.
»Und wißt ihr, was mich bei der ganzen Sache am meisten geärgert hat? Daß mich ein angezogener Kerl, so ein britischer Lackaffe, verspeist hätte!«
»Wir können mitfühlen«, sagten die Franzosen einstimmig.

23

Die Abfahrt von Standard-Island war auf den 2. Februar festgesetzt. Schon tags zuvor waren alle Bewohner von Milliard-City wieder an Bord. Die Affäre mit Pinchinat erregte immenses Aufsehen, die Leute überboten sich gegenseitig in Anteilnahme. Der Violerich wurde Held des Tages. Die Vollversammlung billigte nachträglich das harte Vorgehen von Gouverneur Bikerstaff.
»Die Kannibalismusfrage ist endlich gelöst«, sagte Pinchinat amüsiert.
»Wer so appetitlich aussieht wie du, sollte vorsichtiger sein!« ermahnte ihn Frascolin.
Standard-Island nahm am frühen Morgen die Fahrt wieder auf. Ethel Simcoe steuerte jetzt die Neuen Hebriden an. Niemand klagte über diesen Umweg, alle freuten sich, diesen netten Leuten helfen zu können. Hatten sie doch ihr Leben während der Treibjagden aufs Spiel gesetzt.
»Lernen wir wenigstens auch mal die Hebriden kennen«, sagten sich die Bewohner von Milliard-City.
Die Propellerinsel fuhr mittlere Geschwindigkeit. Zwischen den Fidschiinseln und den Neuen Hebriden sollte der auf Rechnung der Familien Tankerdon und Coverley gekaufte Dampfer eintreffen. Das Gerücht über eine bevorstehende Heirat der beiden Kinder Walter Tankerdon und Dy Coverley verstärkte sich. Eucalistus Munbar, er entwickelte sich immer mehr

zum Zeremonienmeister in spe, hatte keine freie Minute mehr, er schürte das Feuer, auf dem so heiß gekocht wurde.
»Schließlich wird in der Ehe auch heiß gegessen!« sagte der Oberintendant lächelnd. Sebastian Zorn ließ die Luft ab. So ein Blödsinn, dachte er sich.
Standard-Island brauchte 3 volle Tage für die Strecke zwischen den beiden Inseln Wanara und Ronde. Am 6. Februar sanken die letzten Höhenzüge der Fidschis ins spiegelglatte Meer, auf Polynesien folgte Melanesien. Die Propellerinsel fuhr westwärts, sie berührte den 19° südlicher Breite.
Am 10. Februar war die Stelle erreicht, wo der aus Europa kommende Dampfer eintreffen sollte. Der auf den Leuchtschriftkarten in Milliard-City angezeigte Punkt dieses Treffens war jedem an Bord bekannt. Die Wachen hielten fieberhaft Ausschau, Hunderte von Fernrohren suchten den Horizont ab, jeder Bewohner war gespannt, denn sie betrachteten dieses Spektakel als Vorspiel zur Heirat von Walter Tankerdon und Dy Coverley.
Die Maschinen wurden gestoppt. Die Offiziere erhielten Order, gegen die Strömung zu halten, damit Standard-Island nicht langsam abtrieb.
»Ist es nicht schön hier?« fragte Frascolin und streckte sich.
»Wunderbar! Nicht wahr, Cellist?« hänselte Yvernes.
»Hoffentlich bin ich bald von diesem Kasten runter!«
»Aber, aber! Wir haben Geld wie Heu, und der liebe Frascolin hat alles fein säuberlich nach New York überwiesen!«
»Die Pfeife schmeckt, das Aroma der Zigarren von nebenan duftet, Geld in den Panzerschränken einer Weltstadt, die gesunde Luft in Milliard-City, der Himmel, die Konzerte, das Nichtstun, die Sonne, das wunderschöne Undsoweiter!« schwärmte Frascolin.
»Nicht zu vergessen die Hochzeitsfeierlichkeiten. Eucalistus Munbar läßt sich schon allerhand einfallen. Wahrscheinlich regnet es Geld, die Wasserfontänen werden den besten Wein spucken ...«
»Und wir werden die besten Quartette aus unserem Repertoire spielen.«
»Jede Note 5 Dollar«, sagte Pinchinat.
»Nein, das machen wir ohne Honorar als Dankesbezeigung!«
Am Nachmittag verbreitete sich das Gerücht, daß in einer Entfernung von 15 km ein großer Dampfer gesichtet worden sei.

Da es draußen bereits dunstig war, konnte die Nationalität nicht ausgemacht werden. Der Dampfer war in voller Fahrt, allem Anschein nach hielt er auf Standard-Island zu.
Im Morgengrauen des anderen Tages lief er in den Steuerbordhafen ein, am Mast flatterte die Flagge der Standard-Island Company.
Plötzlich kochten die Telephone. Eine schlimme Nachricht wurde durchgegeben: die Flagge wehte auf Halbmast.
Der Fall war schnell geklärt: dieser Dampfer war nicht das erwartete Schiff aus Europa, sondern kam direkt von der Magdalenenbucht. Da die Hochzeit auf den 27. Februar festgelegt war, brauchte man sich nicht zu beunruhigen, daß die Ausstattung nicht rechtzeitig da sein würde.
Aber welchen Auftrag hatte *dieses* Schiff? Warum die Halbmastflagge? Hätte man nicht telegraphieren können?
Kaum lag der Dampfer am Pier, ging ein Passagier von Bord. Es handelte sich um einen der Hauptagenten der Company, der keine der an ihn gestellten Fragen beantwortete.
Der Agent bestieg einen Tramwagen nach Milliard-City. 10 Minuten später stand er vor dem Gouverneurspalast. Cyrus Bikerstaff empfing ihn in seinem Kabinett, die Tür wurde verschlossen. Eine Viertelstunde später wurden die Honoratioren zur Vollversammlung einberufen. In der Stadt kursierten die unglaublichsten Gerüchte. Die Lage war gespannt.
Um 7.40 Uhr war die Versammlung sitzungsfähig. Der Agent gab folgende Erklärung ab.
Am 23. Januar hat die Standard-Island Company ihren Konkurs anmelden müssen. Mr. William T. Pomering hat die Vollmacht, die Interessen der gesamten Gesellschaft zu vertreten.
William T. Pomering – das ist der Agent selbst!
Die Männer erschreckte die Mitteilung nicht. Sie waren ja schließlich nicht umsonst Amerikaner und mit derlei Dingen vertraut. Geschäfte florierten, Geschäfte gingen ein, so ist das! Wenn Standard-Island Company pleite war, dann war nichts zu ändern.
Die von Pomering vorgelegte Bilanz nannte einen Betrag von immerhin 500 000 000 Dollar.
»Warum ist die Gesellschaft mit einem so hohen Betrag eigentlich Konkurs gegangen?«
»Sie plant eine gigantische Sache: die Gründung einer ganz

neuen Stadt auf dem Terrain von Arkansas, das durch eine Erdumwälzung versunken ist.«
Die Männer überlegten. Sie besaßen selbst ein großes Privatvermögen und beschlossen deshalb, die Propellerinsel zu kaufen.
Der Agent war zu den notwendigen Verhandlungen ermächtigt. Jetzt, da die Rivalität der beiden Stadthälften abgeklungen war, stand diesem kühnen Projekt nichts mehr im Weg. Das hierfür erforderliche Kapital wurde gleich in der Sitzung gezeichnet. Auf eine Subskription wurde verzichtet. Jem Tankerdon, Nat Coverley und einige andere beteiligten sich mit 400 000 000 Dollar. Über den Preis wurde nicht verhandelt. Der Agent war zufrieden.
Um 9.47 ging der Rat auseinander. Standard-Island war jetzt Eigentum der »Jem Tankerdon, Nat Coverley & Company«.
Die Bevölkerung war mit dem Entschluß einverstanden, sie zeigte keinerlei Unruhe. Sie fand die Sache völlig natürlich und wäre auch bereit gewesen, eine noch höhere Summe aufzutreiben, wäre sie für die Transaktion notwendig gewesen.
»Jetzt sind wir endlich Herr im Haus!« sagten die einen.
»Wie die Gesellschaft heißt, ist egal, Hauptsache, hier gibt es keinen Stunk!« sagten die anderen.
»Es sind wirklich außerordentliche Menschen«, erklärte Frascolin voller Bewunderung über den reibungslosen Verlauf dieser schwierigen Angelegenheit.
Tankerdon und Coverley, die beiden Bosse, beruhigten die Bewohner und Angestellten von Milliard-City.
»Alles bleibt beim alten!«
Das galt selbstverständlich auch für den Vertrag mit den Musikern. Sie erhielten weiterhin ihr königliches Honorar.
»Wir hätten die Möglichkeit nutzen und den Vertrag beim Wechsel kündigen sollen«, überlegte Zorn.
»Du wirst dich bremsen können!« schimpfte Seine Hoheit und machte eine Handbewegung, als wolle er ihm eine 8 m/sec schnelle Ohrfeige kleben.
Cyrus Bikerstaff glaubte, unter den gegenwärtigen Bedingungen seine Funktion nicht mehr ausüben zu können, was ja logisch erschien. Er wurde auch entlassen, aber doch in einer für ihn schmeichelhaften und ehrenwerten Weise. Auf die Bitten der Bosse hin erklärte er sich bereit, sein Amt bis zum Abschluß der Fahrt weiter auszuüben.

Barthelemy Rudge und Hubley Harcourt, beide schwer geschädigt, sogar nahezu ruiniert durch den Konkurs der Company, an der sie mitbeteiligt waren, wollten Standard-Island mit irgendeinem Dampfer verlassen. Der Agent konnte sich noch am selben Tag einschiffen. Die Unterschriften waren geleistet, die Sache perfekt!

»Nun ist ja alles wieder in bester Ordnung, die Fahrt kann ruhig weitergehen«, sagte Frascolin erleichtert.

»On verra!« knurrte Zorn in seinen Bart.

Walter Tankerdon und Dy Coverley trennten sich kaum noch, überall sah man sie verliebt und lachend beieinander. Vor einem Milliardenhintergrund nahm sich eine Herzensangelegenheit besonders gut aus. Sie konnten es kaum noch erwarten, zählten die Stunden, die Minuten, die Zeit bis zum 27. Februar schien nicht zu vergehen. Sie bedauerten nur, daß Standard-Island nicht zum 180. Längengrad fuhr, denn dann hätte man einen Tag auf dem Kalender streichen können. Das Programm war bereits fertig ausgearbeitet, es enthielt öffentliche Spiele, Empfänge und Gesellschaften, eine doppelte Zeremonie in der protestantischen und katholischen Kirche, die Gala-Soiree im Stadtpalast und eine große Festlichkeit im Park. Eucalistus Munbar hatte die Augen überall gleichzeitig, er opferte sich auf, er hetzte sich ab, er ruinierte sich fast vor Geschäftigkeit. Die Musiker hatten eine Kantate komponiert und gedichtet. Von Yvernes stammte der Text, von Sebastian Zorn die Musik. Für die Kantate wurde eigens ein Chor gegründet. Sie sollte auf dem elektrisch beleuchteten Platz des Observatoriums gesungen und gespielt werden, danach sollte das Brautpaar zum Standesbeamten geführt werden.

Endlich wurde der aus Europa kommende Ausstattungsdampfer gemeldet. Punkt 9 Uhr am 19. Februar legte er am Pier des Hafens an. Sofort begannen die Männer mit der Entladung. Was aus dem Schiffsbauch getragen wurde, spottete jeder Beschreibung: Kleider, Schmuckgegenstände, Geschenke, Kunstwerke, das A.-Schmidt-Monument – alles von einem sagenhaften Wert. Die Milliardäre übertrafen sich im Verschleudern ihres Vermögens.

Jeder einzelne Gegenstand wurde in den Nummern des *Starboard-Chronicle* und *New-Herald* vom 21. und 22. Februar aufgeführt, die Bewohner von Milliard-City konnten sich dabei ihre Gedanken machen.

Das Brautpaar kümmerte sich nicht im geringsten um diese Wertgegenstände, auch das A.-Schmidt-Monument ließ sie völlig kalt. Sie waren mit sich selbst beschäftigt. Standard-Island glitt wieder nach Westen. Die Maschinen arbeiteten ohne Unterbrechung. Jedenfalls wollte Kommodore Simcoe, sobald man die Malaien abgeliefert hatte, sofort die Rückreise antreten. Kapitän Sarol wurde von Kommodore Simcoe auf den Turm des Observatoriums gebeten, weil er die Wasserverhältnisse besser kannte, was die Arbeit der Offiziere wesentlich erleichterte.

Die ersten Inseln kamen erst am Morgen des Hochzeitstages, am 27. Februar, in Sicht.

Standard-Island passierte einige weit draußen liegende Eilande. Kapitän Sarol bestimmte hier die Richtung. Er steuerte die Propellerinsel auf Erromango zu und ließ dabei die Höhen der Tannainseln im Süden liegen. Erromango ist im Innern sehr stark bewaldet, zwischen den Hügeln breiten sich anbaufähige Landschaften aus. Die Ufer haben breite Korallenriffe, eine Küstennahfahrt ist ausgeschlossen.

Cyrus Bikerstaff beschloß, die Malaien gleich nach dem Fest auszuschiffen.

Um 13 Uhr stoppten die Maschinen die Schrauben. Standard-Island lag still auf der Meeresoberfläche, 1,5 km vor der Cooks-Bucht an der Ostküste. Alle Welt bekam Urlaub. Der Dienst ruhte während der Festlichkeiten. Das Wetter war herrlich, ein leichter Seewind erfrischte und dämpfte die Glutstrahlen der Sonne. Übergehen wir die einzelnen Nummern des sensationellen, von Oberintendant Munbar zusammengebastelten Programms. Ein Satz: Auf Standard-Island war der Himmel los!

Zwischen 21 und 22 Uhr wurde die Kantate gesungen. Ein Bombenerfolg, auch für Sebastian Zorn, der sich insgeheim über seine Vorurteile gegen Milliard-City ärgerte.

Punkt 23 Uhr ordnete sich ein langer Triumphmarsch zum Stadtpalast. Walter Tankerdon und Dy Coverley gingen zwischen ihren Angehörigen. Sie wurden im Rathaussaal von Gouverneur Cyrus Bikerstaff erwartet. Endlich sollte die Ehe geschlossen werden.

Da ertönte von Backbord her lautes Geschrei. Der Triumphzug hielt sofort an.

Gewehrschüsse krachten. Mehrere Zollwächter, ein paar bereits verwundet, kamen zur 1. Avenue gestürzt.

Der Schrecken erreichte schnell den Höhepunkt! Die Menschenmenge wurde von panischer Angst erfaßt.
Cyrus Bikerstaff trat auf den Balkon hinaus, ihm folgten Kommodore Simcoe, Colonel Stewart und einige Honoratioren.
»3000 bis 4000 Mann, alles Wilde, haben uns überfallen«, brüllten einige Zollwächter hinauf.
»Sarol steht an der Spitze dieser Bande!«

24

Kapitän Sarol hatte zugeschlagen!
Die auf Samoa eingeschifften Neu-Hebridier und die Eingeborenen von Erromango hatten sich dem blutrünstigen Malaien in dessen gefährlichem Kampf gegen Standard-Island, das so gastfreundlich gegenüber den Schiffbrüchigen der Ketsch gewesen war, angeschlossen. Wie aber ging dieser Kampf auf Leben und Tod aus? Die Neuen Hebriden bestehen aus 150 Inseln, geographisch gehören sie zu Australien, politisch zu Großbritannien. Aber wie auch auf den weiter nordwestlich liegenden Salomoninseln ist das Protektorat umstritten: Großbritannien und Frankreich befehden sich in dieser Sache. Die Vereinigten Staaten sind ohnehin verärgert über die Errichtung von Kolonien im Stillen Ozean.
Die Bevölkerung der Neuen Hebriden besteht aus Negern und Malaien. In ihrem Temperament, in ihren Sitten weichen sie sehr stark voneinander ab, und das teilt die Gruppe in 2 Hälften. Die nördliche Gruppe, Santo, Bay Saint-Philippe, Vate, Port-Vila, ist zivilisierter, ihre Eingeborenen, weniger dunkelfarbig als gewöhnlich, sind weder kannibalisch noch seeräuberisch. Die dort wohnenden Europäer haben einen wohltuenden Einfluß auf die Bevölkerung dieses Teils gehabt.
Kapitän Sarol hatte seine Kumpane nicht umsonst unter den Eingeborenen der südlichen Hälfte ausgesucht. Hier, auf Tanna wie auf Erromango, ist die Zivilisation erfolglos geblieben.
Ein alter Seebär soll einmal zu Doktor Hayno gesagt haben:
»Wenn Erromango sprechen könnte, würde es Dinge erzählen, daß einem die Haare zu Berge stehen.«
Vor 50 Jahren wurde die Brigg *Aurora* überfallen, Frankreich bestrafte seinerzeit die Eingeborenen sehr streng. 1869

wurde Missionar Gordon mit Keulen getötet. 1875 wurde die gesamte Besatzung eines englischen Schiffes überfallen und aufgefressen. 1884 verschwanden auf der Insel Rossel ein französischer Händler, seine Arbeiter, ein chinesischer Kapitän und dessen ganze Mannschaft in den Mägen der Kannibalen.

Als Pinchinat davon erfuhr, vergingen ihm die Späße. Unter dieser Bevölkerung hatte Sarol seine Mitverschwörer ausgesucht – eine Tatsache, die für sich und die Gefährlichkeit des Anschlags sprach. Diese Burschen scheuten vor keiner Grausamkeit zurück, mit brutaler, rücksichtsloser Gewalt mähten sie alles, was sich ihnen in den Weg stellte, nieder. Sie griffen überraschend an, nicht nur mit langen Zagaien, deren Knochenspitzen gefährliche Wunden beibringen können, nicht nur mit vergifteten Pfeilen ausgerüstet, sondern auch mit Snydergewehren.

Cyrus Bikerstaff, Kommodore Ethel Simcoe und die anderen Herren bewahrten die gewohnte Ruhe. Die Wilden waren noch auf der Backbordseite, dort bemühte sich der wachhabende Offizier um die Organisation eines ersten Widerstandes.

Der Befehl erging, die Tore von Milliard-City zu schließen, da fast die gesamte Einwohnerschaft der Stadt hier versammelt war. Daß die Felder und die Parks verwüstet wurden, mußte man hinnehmen, darum konnte es jetzt nicht gehen. Aber die Befürchtung lag nahe, daß die beiden Häfen und die Elektrizitätswerke zerstört wurden. Auch das Demolieren der Rammsporn- und Achternbatterie war nicht zu verhindern. Und wenn die Artillerie von Standard-Island gegen Milliard-City gewendet wurde?

»Bringen wir die Frauen und Kinder im Stadthaus in Sicherheit«, riet der König von Malecarlien, einer der mutigsten Männer in dieser entscheidenden Stunde.

Da die Mechaniker vor den Wilden flüchten mußten, lag das ganze Gebäude in tiefem Dunkel.

Kommodore Simcoe hatte mittlerweile die Miliz und die Seeleute mit Waffen versorgt. An Munition fehlte es nicht.

Nachdem Walter Tankerdon Dy Coverley der Obhut von Mrs. Tankerdon und Mrs. Coverley übergeben hatte, schloß er sich seinem Vater, Coverley, Munbar und den 4 Musikern an, die einen Trupp bildeten.

»Ich hab's geahnt«, zeterte Sebastian Zorn.

»Abwarten und Sekt trinken! Mit diesen Wilden werden wir fertig, wär ja auch gelacht«, sagte Munbar ruhig.

Sarol stoppte die Propeller von Standard-Island, das jetzt, direkt im Operationsgebiet des Schurken, festlag. In Milliard-City redete man sich die Köpfe heiß. Was blieb zu tun? Wie konnte man vorgehen? Eine Offensive war augenblicklich unmöglich, man würde zu viele Verteidiger verlieren.
Eine Stunde später waren die Angreifer bei den Stadttoren. Sie versuchten sie zu sprengen. Vergebens. Sie wollten drüberklettern, da pfiffen ihnen Kugelsalven entgegen.
Sarol blies zum Rückzug. Sicher wollte er bis zum anderen Morgen warten, um dann einen neuen Angriff zu befehlen.
Im ersten Morgengrauen krachten die ersten Schüsse am Gittertor. Innerhalb des Bereichs des Observatoriums kam es zu schweren Gefechten, die auf beiden Seiten Opfer kosteten. Jem Tankerdon wurde leicht an der Schulter verletzt. Nat Coverley und Walter Tankerdon kämpften in der vordersten Linie. Der König von Malecarlien nahm Kapitän Sarol aufs Korn.
Standard-Island wurde (was dem aufmerksamen Kommodore Simcoe nicht entging) von einer leichten Strömung nach Norden getrieben. Gegen 10 Uhr sprengten die zahllosen Wilden die Tore. Die heulende Rotte tobte über die Avenuen. Kommodore Simcoe mußte sich bis zum Gouverneurspalast zurückziehen, die Übermacht war zu groß. Die Hoffnung, daß sich die Wilden nun in den Straßen verstreuen würden, erfüllte sich leider nicht. Sarol hielt seine Kanaken zusammen, er wollte den Gouverneurspalast, die Verteidigungshochburg, stürmen. Gelang ihm das, sah die Sache schlecht für die Milliardeser aus.
»Das sind zu viele«, stöhnte Frascolin, den gerade eine Zagaie am Arm streifte.
Ein Pfeil- und Kugelregen ging auf die Stadt nieder. Gegen 14 Uhr waren die Verteidiger schon bis zum Platz vor dem Palast gedrängt. Auf beiden Seiten gab es etwa 50 Tote und dreimal so viele Verletzte. Die Milliardeser flohen alle in den Palast, wo schon die Frauen und Kinder geborgen waren, sie verteilten sich an den verschiedenen Fenstern und erwiderten das Feuer.
»Hier müssen wir aushalten«, rief der Gouverneur, »weiter zurück geht es nicht mehr.«
Die Wilden donnerten mit den Äxten gegen die fest verriegelten Türen, sie waren dermaßen in Rage, so wutverblendet, daß sie sich um den Kugelhagel aus den Fenstern nicht kümmerten. Sie erlitten unsägliche Verluste. Kapitän Sarol hielt

Alles ging drunter und drüber.

sich inmitten eines Knäuels von Wilden auf, er wurde nicht getroffen.
Cyrus Bikerstaff stürzte plötzlich zu Boden, eine Kugel hatte ihm das Herz zerfetzt. Er röchelte noch einige Worte, dann fiel er vollends zur Seite, blutüberströmt und leichenblaß.
Der Angriff ging unvermindert weiter. Keiner hatte Zeit, sich um den anderen zu kümmern, jeder mußte teuflisch aufpassen, nicht von einem Direktschuß oder einem Querschläger getroffen zu werden. Die Türen drohten unter den Axthieben nachzugeben. In den Kellergewölben saßen die Frauen und Kinder. Wie sie retten? Wohin entfliehen, da alles von blutrünstigen, schurkischen Eingeborenen umstellt war?
Da fiel ein glücklicher Schuß, ein Volltreffer! Die Situation änderte sich schlagartig.
Der König von Malecarlien war todesmutig auf den Balkon getreten, hatte die Büchse angelegt, gezielt und Sarol auf den krummen Rücken gelegt. Das Blut schoß dem Schurken aus der Wunde.
Durch den Tod ihres Anführers erschreckt und verwirrt, wichen die Malaien, den toten Schurken mitschleppend, zurück, sie flohen aus Furcht, in einem Blutbad unterzugehen, zum Stadttor. Weit oben in der 1. Avenue hörten die Männer plötzlich Schüsse. Was mochte dort vorgehen?
»Von der Seite des Observatoriums wird geschossen«, sagte Colonel Stewart.
»Die Schurken werden Verstärkung bekommen haben«, fluchte Kommodore Simcoe schweißüberströmt.
»Nein, nein ...«
»Das sind Verteidiger!« rief Pinchinat.
»Vorwärts! Jagen wir die Mordbande aus der Stadt!« befahl der König von Malecarlien. Offiziere, Miliz, Seeleute und viele andere jagten aus der Tür des Palastes und stürmten die Avenue hinunter. Die fliehenden Wilden sahen sich nicht einmal um, sie warfen sogar ihre Pfeile und Bögen, die Zagaien und Gewehre weg.
»Jetzt machen wir gründliche Arbeit!« rief Kommodore Simcoe.
Etwa 1000 Neu-Hebridier waren unter Führung französischer Siedler von der Insel Sandwich (nicht zu verwechseln mit dem Sandwich-Archipel) den überfallenen Milliardesern zu Hilfe geeilt.

Standard-Island war während des Kampfes immer näher an die Insel Sandwich getrieben worden. Dort hörte man das Krachen der Schüsse, erfuhr von Sarols brutalem Anschlag und eilte herbei. Einige 100 Eingeborene schwammen sogar durch das Meer, die übrigen ruderten in Fischerbooten heran.
Verstärkt durch die 1000 Männer ging der Kampf schnell zu Ende. Die Wilden wurden in die Enge getrieben, unzählige fielen im Kugelhagel, die anderen stürzten sich vor Angst ins Meer und versuchten, schwimmend zu entkommen. Aber auch von der Reling herunter ging das Schießen weiter, das Meer färbte sich blutrot, Hunderte von Leichen schwammen auf der Wasseroberfläche und versanken langsam.
Standard-Island war gerettet! Das Gemetzel war glücklich, freilich mit einer Reihe Verwundeter, ja mit einigen Toten, überstanden.
Wer erwartete, daß man sich jetzt beglückwünschte, daß man sich im Freudentaumel vergaß, täuschte sich. Diese Amerikaner blieben nur sich selbst ähnlich! Sie waren über den errungenen, schwer errungenen Sieg nicht im geringsten erstaunt.
Nach dem Gemetzel fielen sich die beiden Verliebten ohne Scheu in die Arme. Seit 24 Stunden hätten sie Mann und Frau sein sollen, aber das hatte Kapitän Sarol vereitelt.
Kein Beispiel ultra-amerikanischer Zurückhaltung war der Empfang, den sich die Musiker und die Kolonisten der Sandwichinsel bereiteten. Auch Athanase Dorémus war eingeladen, aber der saß zu Hause und wartete auf einen Schüler, der sich überhaupt nicht angemeldet hatte. Eine Ausnahme blieb nur Oberintendant Eucalistus Munbar. So amerikanisch er auch war, seine Begeisterung, sein Jubel, sein Witz kannten keine Grenzen. In seinen Adern floß das Blut des berühmten Barnum, also wen wundert es?
Die Milliardeser reparierten ihre Stadt sofort wieder. Schon nach wenigen Tagen waren keine Spuren des blutigen Kampfes mehr zu sehen.
Die Frage der militärischen Gewalt war und blieb gelöst: über sie verfügte Kommodore Simcoe. Keine der beiden Stadthälften zweifelte diese Tatsache an.
Später sollte eine Wahl über den nach dem schrecklichen Tod Cyrus Bikerstaffs verwaisten Posten des Gouverneurs entscheiden, denn auch Standard-Island, diese stählerne, komfortable Propellerinsel, brauchte eine städtische Verwaltung.

Am nächsten Tag wurden die Leichen der verstreut an Bord liegenden Malaien und Neu-Hebridier ins Meer geworfen. Die Leichen der eigenen Leute wurden zum Tempel gebracht und aufgebahrt. Besonders für das Seelenheil des Gouverneurs Cyrus Bikerstaff wurden viele Gebete gesprochen.
Danach wurde die traurige Fracht dem schnellsten Dampfer von Standard-Island anvertraut, er sollte die sterblichen Hüllen der Tapferen zur Magdalenenbucht bringen.

25

Am 3. März verließ Standard-Island die Gewässer der Sandwich.
Zuvor hatten die Männer, allen voran die 4 Musiker, die Kolonisten und Eingeborenen herzlichst verabschiedet.
»Bis zum nächsten Jahr!« riefen sie sich gegenseitig zu. Die elektrischen Maschinen waren Gott sei Dank unbeschädigt geblieben. Die Propellerinsel nahm Kurs auf jene Gebiete des Stillen Ozeans, von wo aus man mit der Magdalenenbucht telephonieren konnte. Die Bewohner atmeten auf. Jetzt ging es ohne Verzögerung, ohne neue Überraschungen zurück.
»Na, wir wollen's hoffen!« knurrte Sebastian Zorn.
»Es war eine schlimme Zeit«, sagte Eucalistus Munbar, »wer hätte in diesem Malaien Sarol so einen Schurken vermutet? Das war das allerletzte Mal, daß Standard-Island Fremde aufnimmt!«
»Und die Schiffbrüchigen?« fragte Pinchinat.
»He, was wollen Sie? Ich glaube an keinen Schiffbruch, an keinen Schiffbrüchigen mehr!«
Seit dem Tod Cyrus Bikerstaffs besaß Milliard-City keinen Bürgermeister, keinen Gouverneur mehr. Wegen Mangels eines Standesbeamten konnte auch die längst überfällige Trauung von Walter Tankerdon und Dy Coverley nicht vollzogen werden.
Walter Tankerdon dachte daran, sich mit seiner Braut und den jeweiligen Schwiegereltern auf einem Dampfer auszuschiffen, um sich irgendwo an Land von einem Missionar trauen zu lassen. Aber das konnte man ihm gerade noch ausreden.

»In wenigen Tagen haben wir einen neuen Gouverneur, der erledigt es dann umgehend!« sagte man ihm.
»Hoffentlich geht bei der Wahl der alte Streit nicht wieder von vorne los!« sagte Frascolin.
»Dafür werde ich mich einsetzen«, erwiderte Eucalistus Munbar, »außerdem sind ja auch noch unsere Liebenden da, die ein Wörtchen mitreden können!«
Standard-Island glitt weiter nordöstlich zu jenem Punkt, wo man am Schnittpunkt des 12. Breitengrades und dem 175. Grad westlicher Länge die durch Telegramme angeforderten Proviantschiffe von der Magdalenenbucht erwartete.
Die Lebensmittelfrage machte Kommodore Simcoe keine Sorgen, der vorhandene Proviant reichte noch für gut einen Monat. Der Postverkehr funktionierte nicht mehr so richtig, Nachrichten aus Übersee blieben lange aus. Die Zeitungsleute klagten über die journalistische Flaute. Die Wahlperiode wurde eröffnet. Schon gleich zu Anfang zeigte sich, daß die Gouverneurswahl nicht ohne harte Worte, nicht ohne Schwierigkeiten abgehen würde, denn sowohl Jem Tankerdon wie auch Net Coverley bewarben sich um diesen Posten. In der Stadt und den Häfen herrschte allgemeine Niedergeschlagenheit. Es gärte. Die Agenten der beiden Bewerber schürten noch das Unbehagen. Bald schien Tankerdon obenauf zu schwimmen, bald Nat Coverley. Die Stimmung in der Milliard-City schwankte beträchtlich. Es kam zu Nörgeleien, zu heftigen Reden und Auseinandersetzungen, die Parteien beschimpften sich, die Beziehungen der beiden Familien kühlten sich natürlich rasch ab. Nur Walter Tankerdon und Dy Coverley wollten von all dem nichts wissen. Was ging sie das Gezänk der Schwiegereltern an? Vernünftig wäre es gewesen, beide Rivalen jeweils für 6 Monate oder für 1 Jahr zum Gouverneur zu machen. Aber in der Politik wird die Vernunft leider zu selten groß geschrieben.
»Jetzt sag ich zur Abwechslung den stereotypen Satz von Zorn mal, nämlich: ich hab's geahnt, daß es Krach gibt«, erklärte Frascolin.
Sebastian Zorn zog die Augenbrauen zusammen.
»Was geht uns der Streit an. Wenn die Propellerinsel gelandet ist, lüpfen wir den Hut und gehen mit unseren kleinen Millionen fort«, sagte Pinchinat.
»Wenn es nicht noch vorher zu einer Katastrophe kommt«, erwiderte Sebastian Zorn.

»Sei still, du Unglücksfiedler!«
Warum hatte das mit der Hochzeit auch nicht geklappt. Die Rivalität wäre unmöglich gewesen, wenn Walter Tankerdon und Dy Coverley bereits Mann und Frau wären. Das Paar hätte wirksamer intervenieren können! Kommodore Simcoe bemühte sich, den Streit zu schlichten. Von den Honoratioren der beiden Stadthälften erhielt er zur Antwort, er solle sich gefälligst um seinen Kram kümmern und sich nicht in fremde Angelegenheiten mischen. Der Kommodore ließ sich das kein zweites Mal sagen.
Natürlich mischten sich die Zeitungen in den Wahlkampf ein; das war ja nach den trüben Wochen ein gefundenes journalistisches Fressen. Dabei trat *New Herald* für Tankerdon, das *Starboard-Chronicle* für Coverley ein. Tinte floß in Strömen! Wenn man den Zeitungen glauben durfte, stand ein Weltkrieg bevor, so aufgeputscht lasen sich die Mitteilungen in den Blättern. Sollte der Liebesroman der beiden Kinder schon nach dem 1. Kapitel abgebrochen werden? Der Oberintendant drückte nachts vor lauter Sorgen kein Auge mehr zu, er zermarterte sich das Gehirn, er wollte weder den einen noch den anderen zu nahetreten – das beste Mittel, ins Fettnäpfchen zu treten!
Die Gouverneurswahl fand am 15. März statt. Beide Parteien rechneten sich bereits ihre Siegchancen aus, als plötzlich eine geniale Idee auftauchte. Sie war ebenso einfach wie verblüffend. Der König von Malecarlien sollte zum Gouverneur gewählt werden!
Verschiedene Offiziere, Kaufleute und Beamte bildeten eine Abordnung, die von Seiner Majestät in dessen Wohnung in der 37. Avenue empfangen wurde. Der Monarch hörte sich den Vorschlag freundlich an und lehnte ihn ebenso freundlich ab.
»Die Königin und ich danken Ihnen für Ihr Vertrauen, meine Herren. Aber wir beide haben mit den Illusionen, die man an solche Aufgaben knüpft, längst abgeschlossen. Ich bin nichts weiter als ein einfacher Astronom des Observatoriums von Standard-Island und will es auch bleiben. Ich danke Ihnen!«
Die Abordnung zog sich zurück. Die geniale Idee hatte nicht gezündet. Die Geister erhitzten sich wieder und heftig. Die Parteigänger von Jem Tankerdon und Nat Coverley gingen sich aus dem Weg, sie grüßten sich kaum. Milliard-City war in 2 feindliche Lager gespalten! Calistus Munbar war verzwei-

felt. Manchmal kam er ins Kasino, wo ihn die Musiker zu trösten versuchten.
Da verbreitete sich die Meldung: Walter Tankerdon hat sich im Haus der Coverleys anmelden lassen und wurde abgewiesen!
Den beiden Liebenden untersagte man es, sich zu sehen! Schließlich war die Stunde der Wahl gekommen. Was sollte aus der Wahl werden, wenn die Steuerbordbewohner Nat Coverley und die Backbordbewohner ihrem Jem Tankerdon treu blieben?
Um 13.35 Uhr Ende des ersten Wahlgangs. Ergebnis: die beiden Kandidaten haben die gleiche Anzahl Stimmen auf sich vereinigen können. Eine Stunde später folgte die 2. Abstimmung. Wieder das gleiche Ergebnis.
Um 15.35 Uhr folgte der 3. Wahlgang.
Und noch einmal erhielten beide Rivalen die gleiche Stimmenzahl. Die Versammlung löste sich auf und hatte damit auch recht. Sollte man die festgefahrene Lage immer neu, womöglich bis zum anderen Morgen, bestätigen? Dem A. Schmidt-Monument war die Schreibhand abgefallen.
»Unter uns gesagt«, meinte Pinchinat, als er von Eucalistus Munbar das Ergebnis der 3 Wahlgänge erfuhr, »es gibt doch ein einfaches Mittel, die Sache zu ordnen!«
»Welches? Sprechen Sie!« rief der Oberintendant verzweifelt.
»Nun, man trennt die Insel in der Mitte auseinander, wie Schiffszwieback, verstehen Sie, und dann fahren beide Teile, jeder mit dem gewünschten Gouverneur, wohin sie wollen!«
»Ich glaube, mein Grottenolm hustet!! Was sagen Sie?? Zerteilen??« rief Eucalistus Munbar, als hätte ihm Pinchinat vorgeschlagen, sich ein Bein abzuhacken.
»Warum denn nicht? Die Werkzeuge sind doch alle an Bord!«
Eucalistus Munbar wischte sich den Schweiß von der Stirn. Hatte dieser Pariser das womöglich ernst gemeint? Aber dann passierte es doch, fast so, wie Pinchinat es vorhergesagt hatte. Die Honoratioren stimmten getrennt ab. Die Propellerinsel wurde zwar nicht faktisch auseinandergenommen, aber Jem Tankerdon wurde in der Backbordstadt zum Gouverneur gewählt, Nat Coverley in der Steuerbordstadt. Jeder konnte nach Belieben regieren! Jede Hälfte hatte ihren Hafen, ihre Schiffe, Offiziere, Seeleute, Beamten, Händler, ihr Elektrizi-

tätswerk, ihre Maschinen, Motoren, Mechaniker, ihre Heizer! Schön und gut! Aber wie sollte man Kommodore Simcoe aufteilen? Wer sezierte den Oberintendanten?
Am 17. März verkündeten die Zeitungen in großen Balkenüberschriften:

WALTER TANKERDON UND DIANA COVERLEY WERDEN NUN DOCH NICHT HEIRATEN!

Die beiden liebten sich inniger denn je, obgleich sie sich nicht sehen durften, obwohl man über ihre Köpfe hinweg bestimmte. Aber sie wollten ihre Familien verlassen, um nicht vollends unter den Milliarden zu ersticken!
Bisher war die Reiseroute Standard-Islands nicht geändert worden. Kommodore Simcoe steuerte weiter nach Nordosten. War man erst in der Magdalenenbucht angelangt, würden wahrscheinlich viele Milliardeser die Propellerinsel verlassen. Die Bewohner hatten Ruhe gesucht, aber statt dessen gab es fortwährend Streitereien!
Würde es vor der Landung in der Magdalenenbucht noch zu einem Bürgerkrieg auf Standard-Island kommen? Würde die Rivalität der beiden Oberreichen einen offenen Konflikt heraufbeschwören, der das Schicksal aller Bewohner bestimmte?
Am Morgen des 19. März ereignete sich etwas, das die ganze Insel mit einer Katastrophe bedrohte!
Kommodore Simcoe saß in seinem Kabinett auf dem Observatorium und wartete auf die ersten Höhenbeobachtungen seiner Offiziere. Standard-Island mußte nach seiner Schätzung sehr bald mit den ausgelaufenen Proviantschiffen zusammentreffen. Die Wachen hatten Order, den gesamten Horizont genauestens abzusuchen. Bei Ethel Simcoe befanden sich auch der König von Malecarlien, Colonel Stewart, Sebastian Zorn, Pinchinat, Yvernes und Frascolin, sowie eine Anzahl Offiziere und Beamte, die ihre Neutralität im Gouverneursdebakel hatten bewahren können.
In diesem Moment ertönten 2 Glocken. Kommodore Simcoe erhielt telegraphisch 2 Befehle. Sie kamen aus dem Palast, wo sich, in getrennten Flügeln, Jem Tankerdon und Nat Coverley aufhielten. Von da aus regierten sie Standard-Island. Kein Wunder, daß die Befehle und Meldungen sich häufig widersprachen.

Der erste Befehl lautete: Standard-Island soll nach Nordosten weiterfahren (Coverley).
Der zweite Befehl: Standard-Island soll südwestlichen Kurs Richtung Australien halten (Tankerdon).
»Das habe ich kommen sehen«, sagte Kommodore Simcoe nach Durchsicht der 2 Befehle.
»Im Interesse der Allgemeinheit kann und darf das nicht so weitergehen«, fügte der König von Malecarlien hinzu.
»Wofür entscheiden Sie sich«, fragte Frascolin.
»Ich werde den beiden Herren mitteilen, daß sich ihre Befehle eindeutig widersprechen und deshalb nicht durchführbar sind. Außerdem ist es am besten, hier liegenzubleiben und die Proviantschiffe abzuwarten«, antwortete der Kommodore.
Diese Antwort wurde in die beiden abgeschlossenen Flügel des Palastes telegraphiert.
Eine Stunde wartete alles vergeblich auf neue Befehle. Hatten die Rivalen sich eines Besseren besonnen?
Plötzlich spürten die Männer im Observatorium eine eigentümliche Bewegung von Standard-Island. Sie sahen sich entgeistert an.
»Was ist jetzt kaputt?«
»Was das bedeutet?« sagte Kommodore Simcoe und zuckte die Achseln, »ganz einfach: Jem Tankerdon hat M. Watson im Backbordhafen den Befehl gegeben, in die von ihm gewünschte Richtung zu fahren. Nat Coverley tat dasselbe mit M. Somwah im Steuerbordhafen. Die beiden Maschinen arbeiten jetzt gegeneinander. Das Ergebnis ist, daß sich Standard-Island im Kreis herumdreht. Wenn sich die beiden Herren nicht einigen, kommen wir nicht mehr voran, sondern rotieren auf der Stelle!«
»Ist ja zum Lachen. Standard-Island dreht sich im Walzertakt«, rief Pinchinat.
»Sie hätten recht, wenn es für die Propellerinsel nicht gefährlich wäre!« sagte Kommodore Simcoe.
»Wieso?«
»Stellen Sie sich 10 000 000 PS vor, die gegeneinander arbeiten. Standard-Island kann es auseinanderreißen!«
Die Schrauben arbeiteten mit Volldampf gegeneinander! Die Propellerinsel zitterte und knarrte in allen Fugen! Standard-Island rotierte immer schneller um die Achse!
»Die muß man doch zur Vernunft bringen!« sagte Frascolin.

»Vielleicht geben sie nach, wenn ihnen kotzübel wird!« erwiderte Yvernes.
»Ich habe keine Mittel, gegen diese Idiotie einzuschreiten«, sagte Kommodore Simcoe. »Gegen Tankerdon und Coverley, gegen Watson und Somwah ist kein Kraut gewachsen.«
Infolge der rasanten Drehbewegung wurde es sehr vielen Milliardesern fürchterlich schwindlig. Besonders jene Familien, deren Häuser an der Peripherie lagen, klagten über Übelkeit.
Sebastian Zorn wurde zunehmend blasser. Sollte dieser verteufelte Scherz kein Ende nehmen? Sollte das bis in alle Ewigkeit so weitergehen? So lange, bis Standard-Island zum weltweiten Gespött, vor allem Großbritanniens, geworden war?
Eine ganze Woche drehte sich Standard-Island um die eigene Achse. Verschiedene Familien hielten sich nur noch im Badezimmer auf, sie verbrachten ihre Tage über dem Waschbecken, über dem Wasserklosett, über den Abfalleimern. Sie übergaben sich, als müßten sie einen Weltrekord im Kotzen aufstellen.
Kommodore Simcoe, Seine Majestät, der König von Malecarlien, und Colonel Stewart hatten während der letzten Tage öfters bei den streitenden Parteien interveniert, jedoch erfolglos.
Cyrus Bikerstaff hätte wiederauferstehen können, auch er wäre an der starren Haltung der Obermilliardäre gescheitert!
Zu allem Unglück war seit Tagen der Himmel so stark bewölkt, daß die Offiziere keine Lagebestimmung abfassen konnten. Wo befand sich Standard-Island?
Die Bewohner verließen nach und nach ihre Wohnungen, sie gruppierten sich, je nach politischer Gesinnung, im Park, sie riefen »Es lebe Jem Tankerdon!« und »Es lebe Nat Coverley!«, die Hände ballten sich zu Fäusten, sie drohten einander, ihre Augen sprühten vor Ärger! Die Gefahr eines regelrechten Bürgerkriegs war größer denn je.
In der Nacht vom 27. auf den 28. März mischte sich Walter Tankerdon in der Dunkelheit unter die Coverley-Anhänger, um so ungesehen zum Haus seiner Braut, die er vor Ausbruch der bevorstehenden Katastrophe sehen wollte, zu gelangen.
Kurz vor Tagesgrauen erschütterte eine furchtbare Explosion die Luft. Die Kessel und die Maschinenhäuser im Backbordhafen waren in die Luft geflogen, die elektrischen Anlagen demoliert. Die eine Stadthälfte lag in völliger Finsternis.

26

Die Maschinen im Steuerbordhafen waren unbeschädigt geblieben. Trotzdem konnte Standard-Island nicht mehr gesteuert werden, die Propellerinsel verfügte nicht mehr über die nötigen Triebwerke. Eine neue Unglücksmeldung erreichte das Observatorium. Die astronomischen Beobachtungen ergaben, daß Standard-Island nach Süden abgetrieben worden war. Die bestellten Proviantschiffe konnten die Propellerinsel also nicht mehr erreichen. Kommodore Simcoe unterrichtete die neutral gebliebenen Offiziere und Honoratioren.

»Wir sind um insgesamt 5 Grad nach Süden getrieben. Ich kann augenblicklich weniger tun, als der Kapitän eines Dampfers mit Maschinenschaden. Unsere Insel besitzt keine Segel, um den Wind ausnützen zu können. Wir sind auf Gedeih und Verderb den Meeresströmungen ausgeliefert. Ich weiß noch nicht, wohin wir getrieben werden. Die von der Magdalenenbucht ausgelaufenen Dampfer werden uns vergeblich suchen, denn offensichtlich treiben wir mit einer Geschwindigkeit von 8/10 sm/h zu einer wenig befahrenen Stelle des Stillen Ozeans.«

Das war die Lage der Dinge! Kommodore Simcoe beschönigte nichts. Unter den gegenwärtigen Umständen war es sogar möglich, daß Standard-Island bis ins Arktische Meer getrieben wurde. Und dann ...

Die enragierten Bewohner wußten schon nach wenigen Minuten Bescheid. Sie erkannten den Ernst der Lage. Von einem Bruderkrieg war keine Rede mehr. Zwar dauerte der Haß weiter an, aber eine offene Auseinandersetzung war jetzt sinnlos geworden. Sie kehrten in ihre Wohnungen, ihre Paläste und Villen zurück. Die beiden Rivalen einigten sich unter dem Druck einiger Honoratioren, die Befehlsgewalt ganz Kommodore Simcoe zu übertragen. Nur er konnte noch retten, was zu retten war.

Kommodore Simcoe überzeugte sich persönlich von den Zerstörungen im Backbordhafen. Die stark überheizten Verdampfungsapparate hatten alles in die Luft gejagt. 2 Maschinisten und 3 Heizer hatten den Tod gefunden.

»Was nun?« fragte Sebastian Zorn.

»Wir werden uns mit einem Auge behelfen müssen!«

»Das ginge noch, aber wir haben ein Bein verloren!«
Einäugig und hinkend über das Meer fahren? Das ist zuviel!
»Der Schaden ist irreparabel!« konstatierte der Kommodore. Er befahl den Ingenieuren, den einen Inselteil genau zu untersuchen. Waren Fugen gesprungen? Hatten sich Nieten gelöst? Brach womöglich Wasser ein?
Das Ergebnis der Nachforschungen lautete deprimierend: 1000 Bolzen hatten sich gelockert, verschiedene Platten hatte es zerrissen, in einzelnen Kammern stand bereits Wasser. Die eine Pier im Backbordhafen war gesunken. Was reparabel war, wurde sofort repariert! Kommodore Simcoe beruhigte die Bevölkerung, daß keine Lebensgefahr bestand.
Auch die Proviantfrage wurde gelöst. Der Wasserbedarf konnte nach wie vor gestillt werden, die Destillieranlagen waren nicht zerstört worden, da die Steuerbordmaschinen ja weiterarbeiteten. Der andere Proviant reichte etwa für 14 Tage aus. Allerdings mußte der Luxus eingeschränkt werden. Mit Kaviar, Hähnchen, frischem Gemüse, Austern etc. war es jetzt vorbei.
Trotz aller Beruhigungsmitteilungen von seiten der Marinemannschaft fürchtete sich die Bevölkerung vor dem Hungergespenst. Was nützte den Oberreichen, den Milliardären, den Millionären, jetzt aller Reichtum? Sie konnten sich kaum ein Radieschen für das Geld kaufen! Geld beruhigt, das schon, aber der Magensaft läuft zusammen, wann *er* will!
Während der letzten 14 Tage war kein Besteck gemacht worden, die Lage der Standard-Island blieb weiterhin unbestimmt. Am Morgen des 31. März löste sich die Nebelwand etwas auf, die Offiziere und alle Bewohner von Milliard-City hofften, daß endlich die Sonne durchbrach. Alles wartete gespannt. Nur Nat Coverley und Jem Tankerdon verließen ihre Paläste nicht mehr, sie waren in der Stadt geächtet. Aber Walter Tankerdon, den überhaupt keine Schuld am charakterlichen Versagen seines Vaters traf, stand mit den anderen an der Rammspornbatterie.
Kurz vor Mittag erschien für einen Augenblick die Sonne am Himmel. 2 Sextanten, einer von Kommodore Simcoe, der andere von Seiner Majestät, dem König von Malecarlien, wurden zum Himmel gerichtet. Nach Aufnahme der Mittagshöhe wurden, unter Berücksichtigung der nötigen Korrektionen, die Berechnungen vorgenommen, sie ergaben:

29° 17' *südlicher Breite*

Haushohe Wogen peitschten über die Trümmer von Standard-Island.

2 Stunden später

179° 32' östlich von Paris

Jetzt stand fest: seit Beginn der Rotation von Standard-Island war die Insel gegen 1500 km nach Südosten abgetrieben worden. Nach Eintragung in die Seekarte erkannte Kommodore Simcoe folgendes: Die nächsten, immerhin noch 150 km entfernten Inseln waren die Gruppe der Kermadeck, öde, kaum bewohnte Inseln. 450 km südlicher lag Neuseeland. Aber wie sollte die Insel dahin gelangen? 2300 km im Westen lag Australien! Die Tage vergingen. Die Rationen mußten beträchtlich eingeschränkt werden. Die Angst wuchs.

Die Wachen suchten Tag und Nacht das Meer bis zur äußersten Horizontlinie ab. Immerhin war es von Standard-Island aus möglich, Signale zu geben.

In der Nacht vom 3. auf den 4. April flaute der starke Nordwind ab, nach kurzer Windstille sprang er auf Südost um.

Kommodore Simcoe schöpfte wieder Hoffnung, die durch verschiedene Berechnungen bestätigt wurde. Die Propellerinsel trieb nach Norden. Das gesamte Marinepersonal arbeitete fieberhaft.

Im Lauf des Nachmittags flaute der Wind jedoch wieder ab. Das Barometer sank langsam. Das Meer wogte stark auf. Im Südosten mußten schwere atmosphärische Störungen herrschen. Standard-Island war den gewaltig auf und ab wogenden Wellenbergen mehr als zuvor ausgesetzt. Die Insel schwankte bedrohlich, ein für alle Milliardeser völlig neues Gefühl. Sie wurden immer unruhiger, sie hatten Angst vor dem Ertrinken. Verschiedene Gebäude senkten sich bedrohlich zur Seite, die Schwimmlinie hatte sich verändert. Das Gleichgewicht der Insel war gestört.

Kommodore Simcoe ließ die Veränderungen stündlich notieren. Das Niveau sank mehr und mehr. In die unteren Kammern drang also Wasser ein. Das Wetter verschlechterte sich zusehends. Der Himmel färbte sich weißlich rot. Das Barometer sank noch immer, alles deutete auf ein bevorstehendes Gewitter hin. Gegen Abend brach der Sturm los. Das Meer schäumte und wütete gegen die Außenwände, die dem Druck der Wassermassen nicht standhielten. Die Avenuen, die Parks und Spazierwege drohten sich zu öffnen.

Gegen 21 Uhr erschütterte ein starker Stoß Standard-Island. Das Elektrizitätswerk des Steuerbordhafens sank. Es war be-

reits so finster, daß man nichts erkennen konnte. Neue Erschütterungen brachten einige Gebäude zum Einsturz.
»Meine Herren«, begann der Kommodore, »wir können keinen Augenblick länger auf dem Observatorium bleiben, das Gebäude wird jeden Moment einstürzen. Gehen wir hinaus aufs Feld und warten dort das Unwetter ab.«
»Es ist ein Wirbelsturm«, sagte der König von Malecarlien, »das Barometer ist bis auf 713 mm gesunken.«
Die Propellerinsel war in einen Zyklon geraten und war wahrscheinlich damit verloren.
Die Männer stürzten aus dem Gebäude und liefen hinüber auf die künstlichen Felder. Sie hatten noch keine 200 Schritte gemacht, da krachte der Turm in sich zusammen, durchbrach den Boden des Platzes und sank hinab ins sprudelnde, wütend brodelnde Meer. Das Streichquartett lief hinüber in die 1. Avenue, um die Instrumente in Sicherheit zu bringen. Das Kasino stand noch. Hier hatten sich die verängstigten, bleichen Milliardeser eingefunden. Unter ihnen auch die Rivalen Tankerdon und Coverley. Gott sei Dank war es dunkel, daß sie sich nicht zu Gesicht bekamen. Da, ein unglücklicher Aufschrei. Walter Tankerdon und Dy Coverley fielen sich weinend, überglücklich und zugleich zu Tode erschreckt, in die Arme.
»Ach Walter!« schrie sie.
»Dy, meine liebste Dy, ich bleibe bei dir!«
»Etwas anderes bleibt dir auch nicht übrig, mein Junge«, dachte Frascolin für sich, er bewahrte sein ruhiges Blut.
»Ich hab's doch geahnt«, wiederholte Sebastian Zorn mehrmals seinen Satz, den die Freunde so oft über sich ergehen lassen mußten.
»Geigen wir den Trauermarsch«, sagte Pinchinat, noch in Todesgefahr ein Spaßvogel.
Gegen Mitternacht verdoppelte sich der Sturm. Die Winde peitschten ungeheure Wassermengen gegen Standard-Island, das willenlos, steuerlos herumgeworfen wurde. Der Inselrumpf war durchlöchert, überall schwappte das Wasser herauf, an 1000 Stellen krachten die Verbindungsstücke. Die Monumentalbauten, der Tempel, die Saint-Mary-Kirche und das Stadthaus versanken durch gähnende Spalten. Das meterhoch, haushoch wogende Meer vernichtete Reichtümer von unschätzbarem Wert, Gemälde, Schmuckgegenstände, Möbelstücke, Statuen und Architekturen!

Das Meer überspülte bereits den Park, die Felder und die Avenuen. Standard-Island ragte nicht mehr über die Meeresoberfläche, Meer und Insel hatten das gleiche Niveau, aber auch nur für wenige Stunden.
Gegen 3 Uhr morgens brach der Park in der Mitte auseinander, das Wasser schoß gurgelnd durch die Risse. Ein Teil der Einwohner eilte zum Hafen, die anderen zu den Batterien. Familien verirrten sich, Mütter schrien nach ihren Kindern. Das Meer sprang über Standard-Island hinweg.
Um 5 Uhr brach ein Stück Standard-Islands völlig ab. Der Steuerbordhafen mit seinen Anlagen, Maschinen und Vorratshäusern trieb ins schäumende, von Wellenbergen zerrissene Meer.
»Zuerst haben die Oberreichen Krach, jetzt kracht die Propellerinsel«, rief Pinchinat seinen Freunden zu.
Nur noch wenige Stunden und Standard-Island zersplitterte in einzelne, nicht mehr miteinander verbundene Stücke.

27

Am anderen Morgen ließ die Kraft des Wirbelsturms merklich nach. Das Meer beruhigte sich wieder.
Milliard-City, diese riesige Summe Geld, versank langsam in den weiten, glatten Wogen des Ozeans.
Wie viele Opfer hatte diese Katastrophe gekostet?
Die Stadt war untergegangen. Jetzt brauchten sich weder Jem Tankerdon noch Nat Coverley um den Gouverneursposten streiten. Die Sache hatte sich von selbst erledigt.
Die Herren Milliardäre hatten noch immer genügend Geld in den Panzerschränken der amerikanischen und europäischen Banken, für ihren Lebensabend ist gesorgt. Das Feld zwischen Observatorium und Rammspornbatterie war das größte Bruchstück. Auf diesen 3 Hektar Land drängten sich 3000 Schiffbrüchige zusammen. Ein anderes Feldstück schwamm mit 4000 Menschen auf dem Meer. Abgesehen von einigen kleinen Stükken, auch auf diesen noch Überlebende, war Standard-Island im Meer versunken.
Auf dem Rammspornbatterie-Floß, wie man es nennen könnte, hockten Kommodore Simcoe, der König und die Königin von

Malecarlien, das Personal des Observatoriums, Colonel Stewart, verschiedene seiner Offiziere, viele der Honoratioren und eine Menge Einwohner, auch die Familien der Rivalen Tankerdon und Coverley. Walter Tankerdon und Dy Coverley waren verschwunden. Hatte sie das Meer verschlungen? Saßen sie auf einem anderen Floß, auf einem anderen Fetzen von Standard-Island?

Das Konzert-Quartett war noch vollzählig am Leben. Wie heißt es so schön? »Nur der Tod kann sie trennen!« Frascolin hatte seinen Mut nicht verloren, er schöpfte noch Hoffnung. Yvernes lobte die Poesie des Untergangs.

»Einen großartigeren Schluß kann man nicht erfinden!«

Sebastian Zorn war außer sich vor Zorn. Er hatte es kommen sehen, er hatte Hunger, Durst, Schnupfen! Eucalistus Munbar behielt auch in dieser Situation noch seine großartige Form.

»Werden wir wieder zusammenflicken, wär ja gelacht, die Einzelteile sind noch zu verwenden, ein neues Standard-Island-Wunder wird entstehen, ein neues Meisterwerk maritimer Architektur!«

Der Sturm ließ weiter nach. Das Meer glättete sich wieder. Die verschiedenen Bruchstücke trieben langsam aufeinander zu. Die Nacht verging. Der Zusammenprall der Teile hatte keinen weiteren Schaden verursacht.

Kommodore Simcoe verteilte auf den Stahlteilen verschiedene Posten, die das Meer bis zum Horizont absuchten.

Am Nachmittag gegen 14 Uhr machte ein Wachtposten folgende Meldung:

»Im Nordosten ist ein beweglicher Punkt aufgetaucht, ein Rumpf ist nicht zu erkennen, doch es muß sich wohl um ein Schiff handeln, das seewärts von Standard-Island vorüberfährt.«

Die Nachricht brachte Aufregung unter die Schiffbrüchigen. Kommodore Simcoe ließ Fahnen an aufgestellten Stangen hissen, verschiedene Schüsse wurden gleichzeitig abgefeuert.

Das Schiff kam näher. Man erkannte eine Rauchsäule. Die Wachen beobachteten fieberhaft jede Bewegung des Punktes. Da erkannte Kommodore Simcoe die Lage und teilte sie den Menschen an Bord des Stahlfloßes mit: »Liebe Freunde, das ist kein Schiff, sondern der Steuerbordteil von Standard-Island, der wieder herangetrieben wird. Sicher hat M. Somwah seine Maschine wieder anwerfen können.«

Die einzelnen Teile wurden mit Ketten zusammengebunden. Das war die einzige Rettung!

Die jetzt ausbrechende Freude grenzte an Wahnsinn. 3 Stunden später befand sich der Steuerbordhafen kaum noch eine Kabellänge von der Trümmerflottille. Begeisterte Rufe tönten hin und her. Man erkannte Walter Tankerdon und Diana Coverley Arm in Arm an Bord stehend.
Aber was nun? Der König von Malecarlien hatte einen genialen Einfall.
»Die Teilstücke vom Steuerbordhafen, von der Rammsporn- und Achterbatterie können alle Überlebenden bequem aufnehmen. Wir verbinden die 3 Bruchstücke mit starken Ketten, reihen sie hintereinander auf, der Steuerbordhafen mit seinen 5 000 000 PS befördert uns im Schlepptau nach Neuseeland.«
Dieser Vorschlag war kurz, bündig, genial!
Den Rest des Tages verbrachten die Überlebenden mit diesen Arbeiten. Gegen 19 Uhr war die Verbindung zwischen den Teilen hergestellt, die Flottille stach in See.
Mit dem Tagesgrauen verschwanden die letzten kleinen Bruchstücke von Standard-Island am Horizont.
Am 9. April wurde von Backbord Land in Sicht gemeldet. Es war das Vorgebirge von Ika-Na-Mawi, der großen Nordinsel von Neuseeland.
Am 10. April lief der Steuerbordhafen, das Zugschiff des Konvois, eine Kabellänge vor dem Ufer der Ravarakibucht auf Grund. Die Schiffbrüchigen wurden von den Neuseeländern an Land geholt und erst einmal mit dem Allernötigsten versorgt.
Nach der Ankunft in Auckland, der Hauptstadt Ika-Na-Mawis, wurden Walter Tankerdon und Dy Coverley getraut. Zum letzten Male spielte das Konzert-Quartett in diesem Kreis.
Die Musiker hatten trotz der endlichen Katastrophe kein schlechtes Geschäft gemacht. Nach der Hochzeitsfeier verabschiedeten sich die 4 Pariser von ihren Freunden und Bekannten und schifften sich nach San Diego ein.
Am 3. Mai erreichten sie die Hauptstadt Süd-Kaliforniens und entschuldigten sich sofort durch die Zeitungen für die Taktlosigkeit, zu einem verabredeten Konzert nicht erschienen zu sein, sie drückten ihr tiefes Bedauern darüber aus, daß die Musikliebhaber von San Diego und Umgebung so lange hatten warten müssen.
»Meine Herren, wir hätten noch 20 Jahre gewartet!«

Das war die Reaktion des Intendanten der Musikakademie. Eine wahrhaft noble Erwiderung.
Das Konzert fand statt. Das bis auf den letzten Schemel ausverkaufte Haus applaudierte den glücklich geretteten Musikern frenetisch Beifall für die meisterhafte Wiedergabe des F-Dur-Quartetts von Wolfgang Amadeus Mozart.

Sie sehen so angespannt aus. Haben Sie PARDON noch nicht gelesen?

Die Heimatzeitung

Das Kirchenblatt

Das Organ der Grünen Front

Eine pädagogische Zeitschrift

Das Blatt der Liberalen

Eine Aufklärungszeitschrift

Das Satyrikon

Das Magazin für Spiel & Sport

Die Soldatenzeitschrift

Das Kunstjournal

Ein Gewerkschaftsblatt

Das Regierungs-Bulletin

PARDON, das satirische Monatsmagazin, entspannt mächtig.

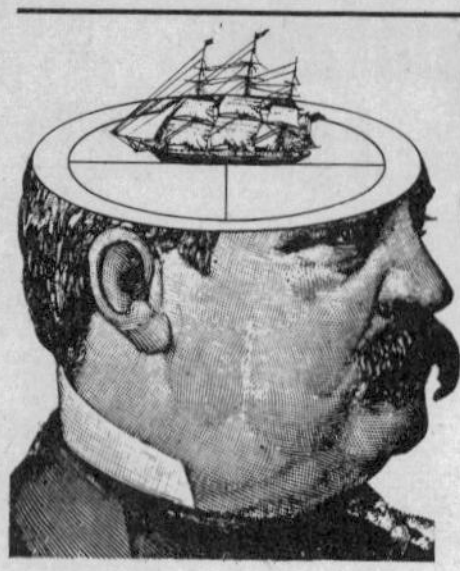